滄海叢刊

代文學評論

亞菁　著

1983

東大圖書公司印行

中華民國七十二年二月初版

現代文學評論

基本定價叁元柒角捌分

著作者 亞菁
發行人 莊剛彰
出版者 東大圖書有限公司
總經銷 三民書局股份有限公司
印刷所 東大圖書有限公司
臺北市重慶南路一段六十一號二樓
郵政劃撥一〇七一七五號

行政院新聞局登記證局版臺業字第〇一九七號

前言

如果有人問我喜歡古典文學，抑是現代文學？毫無疑問我必定選擇現代文學。雖然我出身中文系，曾經接受相當濃厚古典文學的薰陶，雖然我也曾經發表類似「今註今譯的幾點商榷」、「談校釋」等本行的文字，那數量畢竟是微乎其微。

有人寫作的動機是「經國之大業，不朽之盛事。」有人寫作的動機是爲「藏諸名山，傳之其人。」他們寫作的過程相信是「戰戰兢兢，如臨深淵，如履薄冰」的心情。說來慚愧，個人幾年來的寫作，完全是情懷的排遣。雖然也有長達七、八千言的篇章，但是除少數個人粗淺的看法外，也引敍或申論專家學者的見解。個人僅僅就當前讀者比較耳濡目染的作家、作品，提出或深或淺，或長或短的評介，無非是提供或引發初次閱讀的讀者線索，行文儘量避免艱澀難讀，幾乎沒有專著論文的註脚、索引。

本書中有關刊物、散文、戲劇、新詩等的評介，比起小說的份量，似乎僅是點綴。拋開那些譁衆取寵競走低級趣味的作家，我們的文壇確實在最近一二十年也栽培幾位獨樹一幟的小說家。

目前這些小說家雖然不像以前在文壇那麼活躍，可是作品的深度、廣度，却不可同日而語。

最後要感謝「中外文學」、「書評書目」、「幼獅文藝」、「中華文藝」等雜誌及中央、中華日報等副刊讓拙文有發表的機會。更要感謝所有愛我和我愛的人。

亞菁

現代文學評論　目次

從「純文學」雜誌談到辦雜誌的辛酸

I

「純文學」雜誌於民國五十六年元月創刊，六十一年二月停刊，前後發行六十二期，是文壇較具水準的文學刊物中壽命最長的一種。

「純文學」雜誌一向被分爲兩個階段，前一階段（從創刊號到五十四期）由林海音任發行人兼主編，執行編輯是馬各。後來則以純文學月刊編輯委員會的名義爲實際編輯者。而林海音因爲個人工作太過於繁忙，身體又時感不適，暫需休息一段時間而卸下編務，「純文學」雜誌因而改組，後階段（五十五期到六十二期）由劉國瑞任發行人，另聘停刊的「文學雜誌」創辦人劉守宜任主編職務。

「純文學」雜誌的創刊號有代發刊詞：「做自己事、出一臂力」坦陳幾個創辦該刊的人創辦的動機、構想、經過和目標。他們各有工作，也有穩定的經濟基礎。他們雖然幫別人編刊物，卻希望自己能夠出版雜誌，因爲他們認爲尙有餘力再做一些自己的事情。雖然他們心目中也有幾種滿意的雜誌，卻認爲可以另編一種更合乎自己理想的刊物。於是有人願意負責拉稿，有人願意籌備經費，有人願意負責實際編務，也有人願意找廣告、辦庶務，「純文學」於焉誕生。

「純文學」雜誌的幾個創辦人，雖然明白私人辦雜誌的困難，也明白過去種種文學刊物的滄桑，但他們爲了興趣，不計個人的經濟風險，也希望是因爲彼此營營碌碌，要謀面不易，彼此藉著刊物，達到「以文會友」的心願。他們認爲只要有堅定而誠實的態度，應該可以克服任何阻礙。而「花自己的錢，說自己的話」，這種完全的獨立自主，更鼓舞他們不畏任何困境的挫折。

「純文學」雜誌的幾個創辦人，曾推測五十六年將是臺灣出版界的旺季。他們認爲，以前創辦刊物那種匆促草率、因陋就簡的態度，顯然已經落伍。那種刊物不但不能滿足讀者的需要，對作者而言也嫌不夠尊重。於是爲振衰起敝，他們不惜增加成本，儘量提高排版、印刷和紙張的水準。他們更呼籲作者、讀者和出版界，人人獻出個人的力量，共同開墾文學的園地。

「純文學」雜誌原來擬命名爲「文學雜誌」，後來因限於出版法的規章，避免與他人雷同，於是加一「純」字。所謂「純文學」意謂「文學以外，不予考慮。」他們認爲，近世所謂文學的範疇有廣狹二義。廣義的文學泛指一切思想的表現，而以文字記敍者。狹義的文學則專指偏重想像及感情的藝術作品，「純文學」就是指狹義的文學，一般的詩歌、散文、小說和戲劇均屬其範疇。於是「純文學」雜誌的稿約，不管翻譯、創作都一視同仁，他們決定編輯的選稿方向是文學理論、文學欣賞、散文、小說、戲劇、詩歌和文壇動態等。也鼓勵海外的作家多提供國外的文壇動態，評介國外的優秀作品，以拓展本國讀者的視野。

II

有人曾分析林海音主編「純文學」雜誌的階段有幾個特色：海外作家的稿件多，短篇小說的創作維持相當的水準。而在整理三十年代的作家及作品，和開闢的「文思集」、「純文學作家」等專欄都始終保持相當高的可讀性。對溝通刊物、作者與讀者的感情更是不遺餘力。而劉守宜起用新人，又大量翻譯歐美的現代小說，並將「文學雜誌」的原班人馬輪番上陣。奈何故人星散，談何容易。

大體而論，「純文學」雜誌偏重於小說、散文，而對詩歌、戲劇則缺略不足。依筆者粗略估計，「純文學」雜誌刊載的翻譯和創作小說，將近三百篇。長篇小說的創作有林海音的「孟珠的旅程」，楊安祥的「學生老師」和潘壘的「孽子」（休刊未完）等，水準平平。而長篇小說的譯作有日本安部公房的「砂丘之女」（鍾肇政譯），有被譽爲英國新狄更斯的克羅寧的「鐵窗外的春天」、「一個美的故事」（陳紹鵬譯），有被稱爲「紅色海明威」的捷克作家穆納谷的「權力的滋味」（彭歌譯）等都曾名噪一時，贏取讀者的喝采。短篇小說的創作，目前在文壇相當活躍的作家像鄭清文、七等生、段彩華、張系國、朱西寧、曉風、水晶、子于、鍾鐵民、于墨、王拓、邵僩、李喬、舒暢等都時有新作相繼在「純文學」雜誌出現。而像於梨華的「柳家莊上」、張系國的「地」，不但刊出就吸引無數讀者的矚目，就是一般文藝批評家也都一致給予相當高的評價。散文的篇數也在二百篇左右，因爲新作家羼雜，水準難免良莠不齊。但是像陳之藩、梁實秋、葉珊、余光中、蔣芸、琦君等散文，雖然只是二三零縑斷簡，卻留給讀者無限的縈思與懷念。而散文的譯作最突出且又最具風格的，則要推何凡譯的「包可華專欄」。

「純文學」雜誌一向既是走比較平實的路線，而有關詩歌的爭議較多，「純文學」刊載的詩歌，每期只維持寥寥一二首，比起小說，散文當然不可同日而語。但是「純文學」雜誌的詩歌創作卻始終維持基本的水準。且少有當時一般詩人的晦澀、虛無、歐化句法等弊病，也少有超現實、達達等主義的陳腔濫調。刊出後並沒有引起多少的是非爭議。重要詩人如余光中、葉珊、鄭愁予、蓉子、鍾鼎文、溫健騮、羅青、阮囊、羅門、辛鬱、洛夫、梅新、夐虹等都曾鴻爪掠泥留下幾筆痕跡。其中比較膾炙人口的是余光中的「火浴」和葉珊的三百行長詩「山洪」。「火浴」曾被譽爲余光中詩歌創作的巔峰。且一而再、再而三被提出評論研究。而一向以篇幅短狹的抒情詩稱勝的葉珊，由「山洪」開始，詩風從抒情的走向敍事的截然分明路線。詩歌的譯作，「純文學」雜誌既沒有刊載西方某某詩人的專輯，也沒有詩專號的名目。而讀者比較熟悉的佳篇，像葉珊譯的葉慈（William Butler Yeats）的「夜鶯曲」、梁實秋譯的柯利治（Samnel Taylor Coleridge）的「老水手之歌」、李嘉譯的艾略特（T. S. Eliot）的「J・亞爾佛來特・普魯佛洛克的戀歌」等都是英詩不朽的傑作。

戲劇在我們的文壇一向是比較冷門而寂寞的，因爲寫作戲劇既不像小說、散文容易獲得讀者的讚譽，而且還要具備戲劇原理等基本素養。一般急功近利的淺視作者，往往因不能忍受寂寞而中途輟筆或改行。迄今屹立文壇比較有成就的劇作家便只有姚一葦、張曉風。而一般刊物也顧及發行量的前途，除少數較具水準的文學刊物外，一向都不敢貿然讓劇本發表，無形中戲劇的園地又被緊縮，劇作家不得不一個一個停筆，一個一個改行。而介紹西洋的戲劇，我們似乎也顯得力不從心，破碎寒傖，根本缺乏有系統、有周詳的翻譯計畫。夠格稱巨構的恐怕只有梁實秋以一生心血翻譯的「莎士比亞戲劇全集」和顏元叔主編的「西洋戲劇譯叢」。一般翻譯的不是商業性濃厚的通俗劇作家，便是暢銷作家的低劣劇作。而「純文學」雜誌刊出的戲劇創作只有林海音的廣播劇「林夫人時間」、姚克的「陋巷」和凌淑華的「下一代」三種。戲劇譯作也只有愛德華・奧比（Edward Allee）的「誰怕吳爾芙」（元眞譯）、西班牙烏納姆諾（Miguel de Unamume）的「另一個人」（王安博譯）和英格瑪・柏格曼（Ingmar Bergman）的名劇「第七封印」三種而已，都僅能聊備一格，根本談不上有什麼風格。

不管小說、散文，不管詩歌戲劇的譯作，難能可貴的「純文學」雜誌不像坊間一般刊物爲趕時髦或暢銷而匆促刪剪，有時往往不懂原文而斷以己意，甚者聯合數人而操筆翻譯。「純文學」雜誌對譯作的選稿始終維持相當的水準，譯文也始終維持相當的可讀性。而且在譯作前後，譯者都附有「譯者的話」、「譯者附誌」、「譯後記」等闡述原著的來龍去脈，作者與作品的關係，間又附帶簡略的評介，使讀者在閱讀前不會有丈二金剛摸不著頭的茫然。

有關文藝理論的寫作，坊間可謂鳳毛麟角。一則寫作精深淵奧、脈絡系統的文藝理論，如果沒有深厚的文學根基，難免會流於抄襲成文，人云亦云。再則寫作文藝理論是一種踽踽的寂寞工作，既沒有一般暢銷書的美名鉅利可圖，又要付出個人的整幅心血。從朱光潛的「文藝心理學」問世，時隔四十年，坊間一般文藝理論的著作，不是斷章取義，便是支離破碎。比較夠稱詳實精闢的專著，似乎只有王夢鷗的「文學概論」和姚一葦的「藝術的奧秘」。而「純文學」雜誌評論的文字雖然稍嫌龐雜，也缺乏有計畫，有系統的專題研究，但是像夏志清的「中國舊白話短篇小說裏的社會與自我」，葉嘉瑩的「從人間詞話看溫韋馮李四家詞的風格——兼論晚唐五代時期詞在意境方面的拓展」、董保中的「中共反修正主義戲劇中的現實」、葉維廉的「王維與純粹經驗美學」、陳世驤的「中國的抒情傳統」和溫任平的「論詩的音樂性及其局限」等雖是旁徵博引以現代文學的觀點闡明古典的理論，卻沒有坊間一般評論文字考據艱深、詰屈聱牙的通病，而闡釋的觀點表達的方式又不落前人的窠臼。

「純文學」雜誌在幾種較具水準的文學刊物裏，比較引人注目而又比較有成果的，恐怕要算幾個與衆不同的專欄。

另外，有一、二專欄如白駒過隙，往往讀者尚未留下什麼印象就匆匆收場。像戴天專門介紹西洋的新書作家的專欄——「長短調」，他在開場白中表明他的原意是「介紹新出版的書——特別是洋書。並且在可能的範圍內，還要月旦一些人物，閑話幾句思想潮流之屬。」構想不能說不妙、創意不能說不新，可惜只刊出一期就夭折。此外，「中外文壇」專欄綜合報導中外作家的動態，雖然短短幾則類似新聞報導卻多少有保存史料的價值，像介紹梁實秋完成莎翁戲劇全集翻譯的過程，像介紹「文學季刊」創辦經過的報導，對有志研究本國當代文學者，都不失爲極爲珍貴的資料，可惜也只刊出三四期就偃旗息鼓。其中最受讀者喜愛，且又最有意義的專欄是「近代中國作家與作品」，「文思集」和「純文學作家」。

「近代中國作家與作品」專欄選刊一些近代中國作家——近代是指民國八年（一九一九）五四運動以後——的作品，且加以評介。而重刊這段時期的作品主要目的是爲了彌補現代讀者對近代中國文學作品的脫節現象。

這個專欄介紹了許地山、郁達夫、凌叔華、廬隱、沈從文、老舍、魯彥、夏丏尊、羅淑、冰心的小說，戴望舒、朱湘、徐志摩的新詩，散文方面有周作人、朱自清、兪平伯、夏濟安、孫福熙、孫伏園、陳西瀅的作品，還有宋春舫的論劇。同時，在作家的作品前後，都特別邀請與作家有深厚交情，或是對作品有相當的研究的作家像林海音、張秀亞、蘇雪林、鍾鼎文、洪炎秋、梁實秋、司馬中原、林以亮、謝冰瑩、毛一波等撰寫專文，介紹作家的生平，分析作家的思想、技巧、文體與風格，評論其歷史地位，有時還公開私人珍藏的原稿、信件、照片，提供讀者閱讀參考的途徑與線索。如此，既可以讓中年以上的讀者重讀他們早年讀過的作品，又可以讓年輕一代的讀者，多少知道這些作家寫作的背景和成績。

類似「文思集」的專欄，別的文學刊物也屢見不鮮，但是一般來說，不是選稿態度失諸草率、內容過份龐雜，便是沒有通盤性的周全計畫，造成內容與專欄的名稱或原意背道而馳。有時刊出兩三期就莫名其妙的無疾而終。而「純文學」雜誌的「文思集」專欄，前前後後刊出一百餘則，每期多者六七則，少者二三則不等。編者籌設「文思集」專欄的動機是希望由衆人執筆。「就當前文壇及有關文藝的活動，所想到的、聽到的、看到的，寫出雜感、批評、意見。或對一本書的欣賞。或介紹一些新知」。「文思集」專欄刊出後，無論從直接或間接得到的消息，都普遍反應出一般讀者的喜愛和重視。因爲一般評論文字不是讓人感覺瑣碎，沒有嚴整的體系，便是讓人感覺冗長駁雜、曖昧歧義而無法把握其菁華。而對一般常用的文學術語如風格、和諧、完整、對比、象徵等的闡釋也語焉不詳，不是標新立異，便是食古不化。「文思集」專欄多少可彌補這種缺憾。不管評論，翻譯，或是隨筆，「文思集」的作者都儘量利用深入淺出的表達方式來詮釋一般人較易誤解的文學的基本觀念，讓讀者有更深一層的認識，進一步也可以糾正一般人的錯誤心理。雖說「文思集」專欄由多人執筆，難免有時會發生互相牴牾的矛盾現象，但是在眞理愈辯愈明的原則下，編者儘量讓彼此意見不合的雙方都有發表解釋的機會。

「純文學作家」專欄，以一段短文介紹曾在「純文學」雜誌撰稿的作家並附照片，這在較具水準的文學刊物中，還是創舉。刊登的照片不必是作家個人的，作者和家人、朋友的都無妨。短文不是寫作者履歷和介紹作品，而是寫作者的生活和性格。不管家人、朋友或作者自己執筆均可。像這種類似自傳的寫作的作品極多，但是表達成功而不讓讀者生厭的例子並不容易見到。因爲作者將自己當模特兒，而作者和普通人也一樣，要了解自己並不容易。何況縱然了解自己的缺點，要全部表露無遺，那除了要有無比的勇氣和決心外，更要有對藝術獻出毫無保留的眞誠。「純文學作家」專欄，因爲編者林海音在臺灣的文藝界工作有一段相當的時間，認識的海內外作家不計其數。本來如果全部要她自己執筆寫區區五百字，恐怕還難不倒她。但是如果一人執筆，難免又將落入一般自傳式寫法的陳舊窠臼。所以她決定分別由身份與作者不同的人來寫，朋友、妻子、丈夫、父母、兒女的看法、寫法，立場不同，寫法自然各成風格，每一篇都是十分可讀的散文。而作家雖說不是明星，但是一般讀者卻樂意知道一些作家寫作以外的生活情形。「純文學作家」專欄刊出後，作家們都極重視，像一向以擺攤賣舊書維生，又最不喜歡別人談論的周夢蝶，據說「現代文學」雜誌曾央求他當封面人物，他一再婉拒，後來不知編者利用什麼方式，總算弄到他的照片，可是刊出後，卻也只是模糊一片。而在「純文學作家」專欄的周夢蝶卻是一個奇蹟，一個異數。不但有清晰的照片，他還以「默默的——燃燒著的灰燼」爲題，偶錄鐘樓怪人的話「我是一冊憂愁的稿本，沒有忿怒、不知嫉妒的活下去。這就是我的命運。黑的夜，藍的天，都與我無關。在我的夢魂中，我覺得我是很嬌好的。」描繪他自己。如果說要苛求「純文學作家」專欄的話，我想美中不足的便是沒有刊出作家的書目。

III

曾有人說：「若是和誰過不去，可以請他辦雜誌。」乍聽似乎危言聳聽，可是如果稍爲對較具水準的文學刊物有接觸的讀者，雖未必全然首肯，相信多少也有「於我心有戚戚焉」的感覺。目前的雜誌，雖有如雨後春筍，不下數百種，可是如果將那些專門販賣「拳頭」、「枕頭」的低級雜誌，略去不計外，像「文學雜誌」、「筆滙」、「劇場」、「文學季刊」、「現代文學」等卻停辦的停辦、休刊的休刊，難怪有人要浩歎「雜誌難辦」、「辦雜誌容易賠錢」，難怪有人要譏諷「窮文人辦雜誌」、「某某雜誌又倒閉了」。

有人認爲目前雜誌生命的短暫癥結在讀書風氣的低落。當然一個國家雜誌的生命蓬勃頹萎和一般國民的讀書風氣之高低成正比。而國民的讀書風氣的培養，又和國民的閱讀能力、經濟狀況，和對時間的分配安排有密切關係。但是無可否認，臺灣文壇較具水準的文學刊物之所以紛紛由月刊變成雙月刊、雙月刊變成季刊、季刊變成年刊，而免不了走向停刊命運的因素，恐怕是多項惡性循環的結果。一般讀者都喜歡買書，但是對於期刊或雜誌，總嫌單薄，無法提高他們的求知慾，這種讀者的奚落、忽視，恐怕是最大的原因。一般讀者又幾乎沒有看期刊或雜誌的習慣，無形中銷售市場緊縮，銷路日減，一般廠商刊登廣告的興味索然，連帶實業人士也不敢貿然投資。而雜誌本身又缺乏大衆傳播事業的知識，出版發行的部門謙遜的作風，根本沒有發揮廣告效用，或「自我推銷」的功能，雜誌只有縮小開支，無形造成的紙張低劣、裝訂、校對草率、稿費也只是象徵性，甚者根本沒有，在這種處處捉襟見肘的嚴重情況下，雜誌怎能不脫期，又怎能不停刊？

而較具水準的文學雜誌面臨的壓力，更非局外人所能想像。因爲報紙的副刊逐漸走向商業化，武俠言情古裝小說充斥，專門選載歐美二、三流暢銷書的書摘來取悅讀者。而工商業發達的社會，講求消遣性的讀者佔大多數，因爲排斥心靈生活，而一味追求聲色犬馬，不再有時間或心情讀書，更不要寄望他們接觸一般較具水準的文學刊物。

當然我們似乎不必悲觀，也不必絕望。因爲出版界仍有不少有心人，前仆後繼，立志爲下一代播種學術文化的種子，我們更寄望有水準的雜誌不但負起傳播知識的任務，更能確認文學雜誌淨化人心的文化功能。儘量不要走低俗路線，而能兼顧到多樣性、普遍性和深度，所以一本雜誌的編輯對內容必須有所取捨，取捨的依據，首貴精確，次爲新穎，再次爲實用，這雖是老生常談，卻仍不失爲有心辦雜誌者的借鏡。

六十八年十一月「幼獅文藝」三一一期

風格

——憶「文學季刊」

在短短數十寒暑的人生過程，如果幸運結交幾個衷心激賞的朋友，會讓人覺得一輩子沒有虛度。在舉世滔滔，物慾橫流的社會，處處是名的陷阱，利的漩渦。有時所謂理想，也只是海市蜃樓的代名詞。可是卻有少數對「與人爲難勸他辦雜誌」的工作，硜然不移而從沒有感覺厭煩和倦怠。「文學季刊」便是一羣對文學有相當狂熱者所開拓出來的園地。從「文學雜誌」、「現代文學」、「純文學」到「文學季刊」，我們的文壇不再像往昔的荒蕪，也洗滌「文學沙漠」的誣蔑。「文學雜誌」、「現代文學」、「純文學」走的是翻譯、批評、創作軒輊不分的綜合路線。而「文學季刊」卻從創作一途掙扎出獨具一幟的風格。

「文學季刊」創辦於民國五十五年雙十節，原定每年一、四、七、十月的十日依季出版。前後發行十期，從創刊號到第五期尙能勉強維持三個月按時出版。後來便一直是搖搖欲墜，不得已七、八兩期合刊，而有時竟然每隔一年才出版一期，終因經費，發行脫期而違反逾期發行法規而被迫停刊。從六十年一月十五日「文學季刊」原班人馬改辦文學雙月刊，卻又在四月十五日發行第二期後便又休刊。六十二年八月十五日，雖又有「文季」的創辦，但也僅發行三期，便又無疾而終。雖說文學雙月刊，「文季」曾苟延殘喘繼續「文學季刊」危淺的命運，但是彼此那種涇渭分明的風格簡直不可同日而語。「文學季刊」沒有發刊辭，也沒有一般雜誌的編後社論，三言兩語就道盡他們創辦的方針。

一、以創作爲主，歡迎具有創造性的作品。

二、限於經費，暫時不發稿費。

三、歡迎任何人投稿、批評。

另外從「編輯手記」不難窺測「文學季刊」創辦的態度和理想。

一、一個藝術工作者所從事的課題，不僅是技巧上的努力，更重要的應說是如何對這世界付出他們的關懷和愛心。

二、一個藝術家首先應該把自己置身於現實，如此才能領略時代的痛苦和歡樂。

「文學季刊」鑑於文壇的一味講求技巧，專注表面的堆砌，而忽略整體的美感，另一方面作家自鳴清高，捨棄現實的痛苦和歡樂，從現實的空間和時間遁進個人編織的象牙塔的病態，「文學季刊」爲掙脫這層死結的束縛，儘量以發掘新的作家，創作新的作品爲職責。並非他們不重視技巧，也不是他們不重視個人痛苦和歡樂的作品，而是他們認爲一個人活在世界上要日子過得更美滿，個人便需要一直不斷地嘗試去了解四周的環境。而那種只講求技巧或強調個人痛苦和歡樂的作品，顯然是不易奏效。「文學季刊」刊載的作品雖說是乏人問津，可是「文學季刊」卻是抱著嚴肅的態度在探究人生、挖掘人生。

「文學季刊」雖沒有像「現代文學」那樣有系統、有計畫的分析評介西方的作品，但是像梁宗之譯的 I. A. Richards 的「文學批評原理」"Principles of Literary Criticism" 和王夢鷗譯的 Rene Wellek & Austin Warren 的「文學論」"Theory of Literature" 在國內不但是創舉，顯然也不是一般對文學沒有深厚造詣所能辦到的工作。

「文學季刊」有系統、有計畫分析評介的，也不是趕時髦一味挑選贏得諾貝爾獎或是小說大師如卡夫卡、喬哀斯、海明威、福克納的作品，「文學季刊」特闢有「美國地下文學選輯」、「當代拉丁美洲小說選輯」、「當代法國小說選」和「德國當代小說選」等冷門專欄。從「筆滙」、「劇場」停刊後，影評的文字可說鳳毛麟角，而「文學季刊」不但有零零碎碎介紹黑澤明的「羅生門」，費里尼的「八又二分之一」言簡意賅的文字，更特闢有專號研究李行的作品（「一個中國導演的剖白」）、柏格曼（Ingmar Bergman）的「野草莓」和唐書璇的「董夫人」，不但引起一般人對電影未來前途的關切，無形中砥礪沒落國片的起飛。翻譯小說、「文學季刊」有讀者耳熟能詳普受歡迎的，如佛克納的「熊」（八萬字中篇，一次刊完，何欣譯），芥川龍之介作品選譯（「齒輪」、「地獄變」、「山鷸」、「雪治池」），卡繆短篇小說選輯（「通姦的婦人」、

「工作中的藝術家」、「沈默的人們」、「來客」）。也有作者名不見經傳，讀者從未過目的，像John Llos Passos 的「美國戰士遺骸」。

當然，論成就，「文學季刊」雖說有最精闢的批評理論，也有膾炙人口的戲劇、詩歌，無疑的，「文學季刊」最讓人刮目相看，而最具成果的是短篇小說的創作。「文學季刊」在臺灣文壇能擁有崇高的地位，便是一篇又一篇有分量又出色的短篇小說推出。

「文學季刊」的戲劇只有姚一葦的「碾玉觀音」、「紅鼻子」、「申生」和黃春明的「神、人、鬼」等寥寥三、四個劇本。詩歌也只有余光中、葉珊、洛夫和葉維廉等幾個讀者耳濡目染的詩人作品。而散文永遠只佔幾頁篇幅，聊備一格。可是，依筆者粗略估計，「文學季刊」的短篇小說約七、八十篇，篇幅應超過戲劇、詩歌、散文的總和。而早期的「文學季刊」（一—五期）短篇小說每期總維持八、九篇。這和那些動輒以評介和翻譯勉強來填補版面文學刊物相比，可說是異數，可說是奇蹟。

「文學季刊」在短篇小說所樹立的風格，讓「文學雜誌」、「現代文學」、「純文學」瞠乎其後望塵莫及。「文學季刊」短篇小說的幾員大將，像王禎和、黃春明、陳映真、七等生，當時聲名大噪，目前又獨當一面。而奠定他們在短篇小說的地位，幾乎都是「文學季刊」一手栽培的。像王禎和的「嫁粧一牛車」、黃春明的「看海的日子」、陳映真的「第一件善事」和七等生的「我愛黑眼珠」幾篇贏得喝采的作品，都是「文學季刊」發掘而披露的。而黃春明重組古老的鄉土傳說，王禎和對小人物的刻劃和嘲弄，陳映眞鋪陳小市鎭的知識份子，和七等生探究內心的奧秘，個人有個人的面目，小說人物情節突破傳統的風格，絕無雷同，絕無抄襲的劣作。

「文學季刊」早期樹立平穩和實在的風格，帶來小說的旺季。像施叔青、雷驤、楊蔚、水晶、劉大任、尉天聰等都或多或少在「文學季刊」留下幾筆鴻爪。而晚期的「文學季刊」更加入幾個目前文壇尙相當活躍的作家——像李昂、子于。而像黃春明未獲文壇重視前的作品，如「跟著脚走」、「沒有頭的胡蜂」都曾相繼刊載於「文學季刊」，讀者不難從這條蛛絲馬跡的線索，去窺測、領悟一個小說家產生過程的坎坷，和要突破舊有風格的艱辛。

「文學季刊」唯一的缺憾，恐怕是長篇小說的創作付諸闕如。可是像七等生的「精神病患」、「放生鼠」和黃春明的「鑼」等中篇小說，無論取材或手法都有一股特異難見的氣氛，而又不落俗套。

「文學季刊」的短篇小說當然也不可能篇篇精彩，可是他們是眞正在用心摸索，而嘗試將內心那股對社會關切的意念，企圖用個人的文字表達。他們的技巧或許不夠圓潤熟練，他們的文字或許還生澀聱牙，但是他們從不標新立異或故弄玄虛而譁衆取寵。他們苦心孤詣挖掘嶄新的題材而又企圖突破舊有的傳統表現手法，雖然沒有贏得廣大讀者的支持，雖然沒有爲社會羣衆所接受而獲得應有的激賞，卻爲短篇小說的前途帶來曙光。當然「文學季刊」既想突破舊有的形式、表現，初時讀者恐怕不易接受，但是只要讀者有耐心，就是像七等生那樣不守章法的怪異作家，一篇接一篇的品味，依然可窺出他的內心世界和那一顆愛心。而黃春明、王禎和樸質而客觀的描繪下層社會那些小人物的悲慘命運，進而探究他們內心的深處，和扮演小人物依然要掙扎的人性尊嚴，開拓而又關心以前被小說家所忽略的角落，黃春明、王禎和爲他們吐露心聲，代替他們發言。這就是所謂眞正的藝術便應從基本人性出發，本就沒有固定在某個層次的人性。

比起六十年代初期，當前的文壇似乎顯得寂寞而荒涼。當時比較出類拔萃而三分鼎立的「現代文學」、「文學季刊」、「純文學」人才濟濟，佳作如林美不勝收。而因爲曲高和寡，「文學季刊」始終一直是叫好而不賣座，發行數量和經濟情況始終未見好轉。結果經常脫期，最後竟嚴重因違反逾期發行的規定而被吊銷執照，終難逃休刊停刊的命運。而一般老的作家，認爲「喫文學這一行飯，遲早會餓死的」，停筆的停筆，轉行的轉行。新的作家又不能忍受寂寞，率爾操觚，粗製濫造，雖說作家有如過江之鯽，有汗牛充棟的作品，卻始終沒有跳出王禎和、黃春明、陳映眞和七等生的窠臼，更遑論超越他們的成績。更令人扼腕的是一向文藝氣息十分濃馥的報紙副刊，爲迎合讀者的胃口，也逐漸走向商業化，不是刊載低俗氣味的武俠或是言情小說，便是摘譯歐美二三流的暢銷書。這種排斥心靈的慰藉，而貪求膚淺的消遣快感，正是工商社會以經濟爲前提的通病，文學命運的沒落，顯然是必定的。

「文學季刊」雖然是停刊了，也許「文學季刊」將永遠無法復刊。但是對文學付出全幅心血灌溉園地的人是永遠不會寂寞的。有人說：「沒有一本那樣的雜誌，讓人覺得文壇寂寞了不少。」爲打破目前文壇沉寂的僵局，我們期待那羣創辦「文學季刊」的朋友，何妨再度將你們那股幹勁、熱誠灌注於實際的寫作經驗，凝聚爲智慧心血，讓奇葩異卉重新綻開。

從「抒情」到「敍事」

——楊牧（葉珊）作品的綜合考察

要一個人鞭策自己，恐怕是相當痛苦的。因爲一則要忍受對個人過去的不滿，一則又要另謀轉變的方向。詩人楊牧就曾自剖轉變是難免的，而且是必要的。他說：「變不是一件容易的事，然而不變卽是死亡。變是一種痛苦的經驗，但痛苦也是生命的眞實。」從「葉珊散文集」到「年輪」，從「水之湄」、「花季」、「燈船」到「傳說」、「瓶中稿」，從平舖直敍的抒情到偏重內心是非的探索而採取寓言和象徵的敍事，不管散文，不管詩歌，他總是呈現錯綜複雜的面貌。因爲楊牧確信詩的可愛，卽在其繁複變化，百花怒放，而不在其統一的面貌和精神。

從十六歲開始，楊牧便決定要以詩歌表現他的作品的本質。因爲他視詩歌爲生命，認爲詩歌創作決非茶餘飯後，或是議罷農閒的消遣，經常爲彼此對詩歌見解的差異而和對方爭得面紅耳赤。他說：「除非發生無法抗拒的問題，否則詩是絕不可能放棄的。」他會全心全意將生命投向詩篇，種因於從詩歌創作的過程、成篇，讓他發現齷齪鄙俗的現實另一面，有一幅更純潔更完美的境界。他的早期詩集「水之湄」、「花季」、「燈船」，便是企圖捨棄現實的恩怨憂樂的糾葛，而完全忘我遁進那純潔完美的世界。他曾經雕刻圖章，且自封爲「無煙樓主」，並且說「無煙並不使人愁煩，怕的是無詩。」在他的視景，一草一木便是一世界，就是「帶滿愁意」的事，也可表現於詩篇。因爲楊牧認爲詩人只有詩，詩是他的矛，也是他的盾。而且詩歌又是最雄辯的，詩人無須使用詩以外的東西來申辯。

楊牧承認詩歌是終生偉業，而視散文爲有時間再寫寫的副產品。他自剖他的思維，「飄逸遐想」的成詩，「落實探討」的成散文。他認爲詩歌散文的形式差異，決不是在音調鏗鏘的押韻，而是詩歌字裏行間的數目字，可達成散文所缺少的「錯愕的效果」。余光中認爲散文是「左手的繆思」的產物，楊牧也認爲詩是「濃壓的語言」，但是有時詩人要將對人生的體驗，社會的關懷，直接呈現給讀者，那種「濃壓的語言」有時顯然不易見效。詩集「傳說」序也說：「另外有一種更具體的愛，更長遠的愛，竟不是詩所可以印證的。」於是一個詩人有時又不甘單純，或爲驅遣寂寞，提筆寫寫散文，似乎也是水到渠成。收在「葉珊散文集」的一輯陽光海岸，二輯給濟慈的信，三輯陌生的平原，約四、五十篇的散文，便是這種情緒的產物。在「葉珊散文集」的後記，楊牧強調散文是非常可以錘鍊的文學「瓊瓦」（Genre），雖然他偏愛詩歌，但是在某種界限，散文與詩歌有時竟是截然不可分割。雖然詩歌、散文、小說和戲劇不是同一類型的文學「瓊瓦」，但是對表現處理的形式，他卻是抱着同樣的嚴肅態度。就像散文「最後的守獵」的眞實情節，楊牧也曾經採用小說、詩歌處理，他還計劃利用戲劇形式表達，發現彼此的效果並無二致。

回溯當年和楊牧同時崛起文壇搖旗吶喊的詩人，執迷於「晦澀」、「虛無」、「歐化」而不悟，楊牧卻能擺脫淪落「達達」、「超現實」主義的漩渦。他突破當年詩壇的「粗獷淒厲」的囂張作風，而另闢「溫柔婉約」的蹊徑。「水之湄」、「花季」是詩人對愛情的憧憬，「燈船」呈現詩人生命嚴肅的一面，「非渡集」（前三書的選集）處處可尋美麗的意象不知風靡多少讀者。從「葉珊散文集」、「水之湄」、「花季」和「燈船」，詩人所呈現的「溫柔婉約」使人覺得淒麗。「水之湄」是詩人擷取古典詩詞的濃密而淡化爲婉約的意象。「花季」、「燈船」流露詩人對宇宙大地無限的美的追求。從「水之湄」的夢幻少年，轉爲浸淫典籍的「花季」，再從軍旅的歷鍊，和初達異邦的迷惘，而蛻變出詩人對人生沉痛的頓悟，且帶濃厚鄉愁的「燈船」。我們也無妨說楊牧詩歌的主題脈絡一直是傾向沉思默想的痕跡。

而當年詩壇反傳統的時髦口號喊得響徹雲霄，若干「前衞」詩人且不惜將前代詩人的成就一筆抹煞，又無中生有不分青紅皂白的將他們批評得體無完膚。楊牧卻能從吟詠本土古典的唐詩宋詞上圈點默讀兩漢、三國、南北朝的作品而自然免疫。他並曾一度醉心六朝的駢文，浸淫咀嚼而體認出駢文的「純文字美」，且認爲駢文是具有中國文字最可觀的延伸性特質。雖然古典的作品，有時難免或屬陳舊，或嫌粗糙，但是卻能保存原有的「拙樸」美。而一般矯揉造作的「粗獷淒厲」的詩風，卻將「拙樸」美破壞無遺。楊牧雖是專攻西洋文學，可是他浸淫於古典的線裝書，國學根基醇厚，洞識「溫柔婉約」的詩風，有如絕句型短詩的孅巧，正可彌補挽救「拙樸」美日漸式微的頹勢，於是他毅然宣稱「我們要的是大漠南北的風沙。」宣稱「我們要求的是中國的。」宣稱「我們要回到東方。」這就牽涉到「民族性」的問題。楊牧認爲一個詩人的作品，流露出來的一定是中國人的情操，實在沒有必要再強調「民族性」。

在「傳說」前記，楊牧說：「我幾乎沒有一刻能執着一種風格，一種觀點，一種技巧。總是在瞬息變化中不斷地駁斥，否決，摧毀—摧毀自己的過去。」在「瓶中稿」自序他又說：「這些詩正是我於萬般無奈之中，對於那個命運的試探和反擊，或至少是反映。」從「傳說」到「瓶中稿」楊牧大膽採用一種新體裁—敍事的抒情詩，企圖融合中國抒情詩的特質。雖然「傳說」是繼承「水之湄」以來的抒情型態，卻又能掙脫「水之湄」以降所趨向唯美和浪漫的色彩。而「瓶中稿」更逐漸走向深奧的自我，以愛與慾，生和死的遐思取代以前寂寥無奈鄉愁，而楊牧對原始民族的悲哀又保持相當程度的憐憫和關懷，更開拓出雄偉巨構的「敍事意味」的坦蕩前程。

從「葉珊散文集」，讀者不難窺見楊牧懷抱濃厚的鄉土觀念，這又牽涉到「社會性」的問題，楊牧認爲只要是有良知的詩人，創作時一定會顧慮到周遭環境。如果一個詩人的作品，不能涵蓋社會的衆生貌，雖然不能說是錯誤，恐怕很難成爲一流的詩人。他更強調文學不可自絕一般的人文精神和廣大的社會關懷。「葉珊散文集」濃密的鄉愁文字，不妨當爲一個知識份子對目前社會的直覺反應。毫無疑問的，大度山的學術訓練塑造詩人楊牧的獨特風格。「葉珊散文集」有幾篇便是對大度山生活縮影的歌頌。另外的文字便是楊牧橫跨新大陸初抵達異邦在心緒上若干對現實的不平，想突破若干現實淒涼的牢結。我們也無妨將「葉珊散文集」當爲他要結束過去有關抒情散文的實驗。而抒情散文的優點在於詩人容易將個人的感情基點，眞摯而準確地表達。從這種觀點着眼，我們不難了解楊牧的散文並不像一般詩人漠視現實，他的作品實和現實保持相當層面的接觸。如此分析，如果有人再批評楊牧的散文只是風花雪月的描繪，只是詞藻的堆砌，或者說他的脂粉氣過濃，顯然都是有失公平的。

楊牧最心儀的詩人是方思、鄭愁予。他認爲方思的作品，旣能透視時間的奧秘，又能揉合空間的神奇，是個有深度的詩人。而認爲鄭愁予作品的意象和技巧都是「無懈可擊」，寫詩的態度最爲嚴謹，但卻嫌他的作品稍傾向知性。

有人批評楊牧在出版「瓶中稿」時，將原來的筆名葉珊改爲楊牧，顯然是不智的。詩人洛夫在「憶葉珊」，便調侃「葉珊太瘦」，「而楊牧又嫌胖了些」。陳芳明的「燃燈人—評『燈船』時期的葉珊」，更認爲「燈船」是「水之湄」、「花季」以來的延續。而「傳說」則是他改變詩風的一册詩集。即使他改換筆名，「瓶中稿」的詩風仍就和「傳說」一脈相傳，不易混淆。言外之意，便是說楊牧詩風的蛻變端倪，從「傳說」就相當明朗。換句話說，「傳說」前是屬於抒情詩，而「傳說」後則是屬於敍事詩。葉維廉在「傳說」跋，曾分析抒情、敍事詩的特質，認爲抒情詩的事件的輪廓是模糊的，抒情詩的旋律是繼續如夢，且依賴自由的聯想方式。而敍事詩是以事件的發展爲主幹，而程序又是直線追尋。而抒情詩有一個最大的缺憾，便是詩人有時會陷入自身的經驗，有時甚至自歌自舞，而至忘形。

楊牧察覺抒情詩有其外在的限制，又意識到詩人寫到一個地步，非要產生另一種詩不可。從「瓶中稿」到「年輪」，明顯地，他已經逐漸揚棄以前一向鍾愛講求舖張堆砌的技巧，而以比較精鍊扼要簡潔又要較爲伸展自如的句子替代。「年輪」是一册非詩、非散文，又非小說，讓人無法歸類的作品。相隔四年，楊牧才出版「年輪」，是因爲有一段時期，他對散文曾產生莫名又愛又恨的情緒。雖然他也明白散文有起承的氣勢，轉合的跌宕效果，並不弱於詩歌。可是當時他將全幅心血投於古典的研究，詩歌的創作，無形又對散文產生無比的厭倦。尤其對自己以前創造的散文形式和風格更是深惡痛絕。楊牧也明白一個詩人在語言、文字要求變化是十分苦惱的。因爲一個詩人三、四年始終固執地維持舊有的風格，當然有他個人充分的理由。但是如果連續數年，而仍然沿習舊有的風格，處理同樣的題材，仍然重複自己以前的面目，楊牧認爲好的詩人不願意這樣，也不應該這樣。楊牧自誓除非能夠突破以前的風格，否則他不再從事散文的寫作。收在「年輪」的「柏克萊」、「一九七一—一九七二」、和「北西北」便是楊牧對自己過去五年這種情緒挑戰的心影錄，探討的主題圍繞在人的表裏差異的問題。

「年輪」可說是詩和散文交融的作品。「年輪」不但和「葉珊散文集」的風格涇渭分明，就是章句的組織也大異其趣。楊牧自稱「年輪」是散文與詩相輔而行的實驗，他利用多種交錯的手法、形象，而採取不斷地更換背景。「年輪」也不再是短短數百近千的抒情文字，而是一篇長長的，有時甚至羼雜一段符合當時心境的翻譯文字。其次楊牧坦承他比較不善於哲學的分析和邏輯的演習，「年輪」採用的另一種文體是寓言和比喻。從「傳統」的出版，楊牧又捨棄早期那種自然流露的音韻，而且認爲講求平仄的詩風是可恥的。從「傳統」的出版，蛻變舊有「溫柔婉約」的風格，而逐漸呈現他的另一面：機智和諷刺。而後，將筆名改爲楊牧再出版「瓶中稿」、「年輪」，更不難窺測他的轉變端倪和決心。

從「瓶中稿」到「年輪」，楊牧的創作背景，不再侷促於本土，而探源於古希臘羅馬，中古歐洲的史詩，從其中獲得更深一層對生命的存在和價值的看法。「年輪」有許多長篇大論，不管本土，不管西洋，若無具備基本文學觀念的讀者，要深進楊牧的世界恐怕是戛戛不易。就像「北西北」一文提及山茱萸這種植物，楊牧便不厭其煩翻閱「中國高等植物圖鑒」二巨册，又查考「風土記」、「續齊諧記」和「荊楚記」。在「一九七一至一九七二」，他不但將喬叟的「坎特伯萊故事集」和艾略特的「荒原」原文照錄數行，更抄錄而翻譯勞勃・羅渥爾的詩三首：「一九六一年秋」，「水」和「偈」，長達數頁，更將羅渥爾本人的解說也一併譯出，而楊牧又引伸自已個人的見解，洋洋灑灑。而在「柏克萊」一文的結尾，天干地支的詩歌長達兩百行左右，篇幅將近廿頁，這和以前「葉珊散文集」不管是個人抒情，或是引據別人的詩，有時兩三警句，有時寥寥數行，簡直不啻天壤之別。

「年輪」的另一面目，便是楊牧從以前狹促的自我象牙塔走出來，然後透過自我的追索和體認，讓楊牧能睜開眼睛，迫切地從對社會的觀察和了解，並進而介入社會，且不爲社會所呑噬。「年輪」不再只是楊牧個人的情緒產物，而是楊牧對黑色人種受歧視的不滿，抗議資本家剝削工人，憐憫日漸絕滅的印地安人，和譴責摧毀自然景觀的劊子手的明證。這種知識分子積極介入社會的人生態度，更令人振奮，這和以前那種「溫柔婉約」的美麗面目，又是不可同日而語。

詩人是寂寞的，而當代詩人的境遇受現實的咄咄逼迫更是淒涼。那些譁衆取寵，假冒「詩人」招牌的宵小儕輩，姑且不論。就是那些曾在詩壇獨當一面，能斡旋左右的詩人，封筆的封筆，改行的改行，縱然偶而鴻爪一掠也只是不甘寂寞的宣洩。而創作始終持續不懈，對詩歌的體認又屹立不移的碩果，僅存一二。余光中是一個，楊牧也是一個。楊牧的詩歌意象的凝鍊而繁富一向是有目共睹的。我們以「溫柔婉約」、「抒情敍事」兩種類型截然分開他的詩風，難免有嫌武斷。但是我們若從他的散文寫作的另一個角度考察，卻又顯然不是一種巧合。楊牧在未來的文學史地位如何，讓歷史去評定，我們不必妄置口喙。而他那種好像時時跟自己過意不去，苛求自己去找尋轉變的方向的不舒服心情，讀者是不難想像的。我們的詩壇一向最荒蕪的莫過於敍事型的史詩。楊牧能突破早期「溫柔婉約」而峰廻路轉的開創「敍事」詩體，對我們的園地正吐露一線生機。如果他能再接再厲鞭策自已朝這個方向邁進，相信能綻開奇花異果，而有凌邁前賢的成績，且讓我們拭目以待。

外行話

任何意氣的爭辯，對雙方意見的溝通，顯然都無濟於事。

就一般讀者而言，新詩比小說、散文難懂，原因紛紜，莫衷一是。新詩的作者，認爲偉大而不朽的作品，並非取決於一般普通羣衆的反應，而是要讓那些慧眼獨具的評論家和歷史家來論定。他們抱怨一般讀者素養膚淺不能欣賞新詩的原因是一般讀者往往只習慣平舖直敍的小說、散文，而不肯多費心思去細品語言含蓄而濃縮的新詩，而這種固定反應是鑑賞藝術的最大敵人。他們更肯定一般讀者不能僅僅以「看不懂」的理由，就輕易否定新詩潛在的意義和價值。

而一般讀者指責新詩晦澀虛無，欠缺明朗的時空性，剽竊歐化的語法、詩情。他們指出有些連中文表達能力都有問題的「作家」，竟然也不甘寂寞創作新詩，弄得詩壇良莠不齊、龍蛇雜陳。難怪有人要大聲疾呼新詩「僵斃」。有人要痛心浩歎新詩「沒落」。就是本身也是詩人的羅青都坦然自承：「當詩人所寫的詩，連自己的同行都無法欣賞了解的時候，那麼當檢討的是詩人本身，而非讀者。」

雖說：「詩在於感，而不在於懂。在於悟，而不在於思。」雖說「詩是一種自身俱足的主體，不必要仰賴任何理論來支持。」雖說：「詩唯有自己解釋，否則它就不能解釋。」可是淺見以爲有些新詩的作者，根本就沒有妥切的運用意象去提煉他們的詩情。他們根本就忽略新詩的命題、結構、節奏。他們也沒有把握新詩的暗示、象徵、歧義等手法。有時只是滿紙堆砌個人內心的自剖、獨白。有時又一味羼雜深奧怪異的哲學思想。除非是作者本人，一般讀者要進入他們的詩境，恐怕是戛戛難哉。

新詩的諸多弊端，作者當然難辭其咎。但是像比較爲一般讀者喜愛的詩人如余光中、葉珊、瘂弦等，他們的詩集如「白玉苦瓜」、「燈船」、「深淵」等，有些曾受過深厚的古典洗禮，有些又懷抱濃厚的鄉土觀念，有些將小人物的悲苦，和自我的嘲弄都表達相當的完整與生動。只要讀者稍具基本素養，耐心慢慢細品咀嚼，卻又不難窺測作者創作的端倪。而有三條淺顯易察的窺測作者創作的端倪的途徑，往往被一般讀者忽略。

一、從詩集作者的「序」、「跋」、「前言」、「後記」去推敲。有些新詩既沒有註明寫作的時間、地點，也沒有明顯的主題。一般讀者猝然接觸，難免有丈二金剛摸不着頭的茫然。但是作者的「序」、「跋」、「前言」、「後記」，有時自剖他們創作的動機或背景，有時分析他們個人詩風的轉變。根據這些第一手資料，讀者不難尋覓出蛛絲馬跡的線索，如此觸發個人的感受與聯想。再利用美感經驗的普通原理，如形相直覺、物我合一、心理距離等加以分析，也許可漸漸泯除與作者間的隔閡。

二、讀者閱讀詩集，不妨同時參閱作者另外不是新詩的作品。就像閱讀余光中的詩集「蓮的聯想」，不妨同時參閱他的散文集「逍遙遊」。閱讀葉珊的詩集「燈船」，也不妨同時參閱他的「葉珊散文集」。因爲在某種界限，有時詩歌和小說、散文竟是截然不可分割的。雖然詩歌、小說、散文彼此不是同一類型的文學，表現處理的手法，難免會或多或少有差異，可是效果卻並無二致。

三、一本詩集難免有良窳不齊的篇章，而一首雜詩也有或多或少的警策俊峭句子。一般讀者面對一首新詩，尤其是卷帙浩繁的長詩，往往不易抓住重點，匆促接觸難免有隔靴搔癢的籠統遺憾。而多讚美少批評的謙遜作風又斲傷我們文學批評的發展。但是比較有見地的評論，卻能剝繭抽絲、指點迷津，讓讀者豁然駛進作者的詩境。就像閱讀余光中的詩集「敲打樂」、「在冷戰的年代」，不妨同時細讀陳芳明的「冷戰年代的歌手」、「一顆不肯認輸的靈魂」。閱讀葉珊的詩集「燈船」，也不妨同時參閱陳芳明的「燃燈人——論『燈船』時期的葉珊」、「兩岸的對話——訪問葉珊」。當然並非所有的評論，全是肯切無誤。有時評論家誤解詩人的創作本意，像顏元叔分析洛夫、羅門的作品，就曾軒然大波引起詩人提出嚴重的抗議。而較具水準的評論，往往又能將曾經被誤解或評估不當的新詩，重新引敍、修正或詮釋。像余光中早期的長詩「天狼星」，洛夫的「天狼星論」就認爲過分強調主題，企圖刻畫出完整的人物，顯然力不從心。且使用的語言太明朗，意象又嫌太清晰。張健也認爲「天狼星」只是「半敍半抒」，而不是長篇的敍事詩。陳芳明更肯定「天狼星」只能算是「一首組曲」。如果讀者將詩集或詩篇的有關評論再三品味，不難剔除若干不正確的看法，這樣消極的避免讓讀者跌進新詩鑑賞的迷魂死巷，更從集思廣益的評論，積極引導讀者步入新詩鑑賞的坦途。

姑且不論那些認爲寫詩只是一種消遣的戲言，姑且不論那些認爲沒有詩照樣可以活得好好的豪語。爭論新詩的有無價值，奢談新詩的可讀不可讀，顯然都是畫蛇添足，且於實際無補。因爲既然承認有新詩的存在，自然便是承認新詩也與小說、散文、戲劇有相當的地位。新詩「蓋棺論定」的地位，暫時留待將來的文學史家去評議。目前刻不容緩的工作是如何另闢新詩鑑賞的嶄新蹊徑。王夢鷗教授的一席話，頗讓人深省。他說：

「詩的語言所裝載的就是這些如夢如幻的內容，然而人們常愛把這飄渺無定的內容，納入個人設擬的容器中使它成爲一定的形式，偶然能裝滿那容器的，便覺得滿意；不然者，則反是。人們往往不責備自己帶着容器來量詩，反而把那些容納不盡的夢幻認爲如聽到一些夢囈。」

六十八年五月「幼獅文藝」三〇五期

散文面面觀

散文正走下坡的命運，是有目共睹的。舊的作家被人遺忘，新的作家又沒有引人注意。比起小說、詩歌、戲劇，散文又是一種最寂寞的行業，既不能擁有成羣的讀者而「沽名」，更沒有豐厚的版稅而「牟利」。而且欲將散文把握成功的表達，更非一蹴可幾。於是有人就感喟地說：「今日沒有散文看」、「現代沒有人寫散文了」。

思果教授有三四十年散文寫作的經驗，目前結集的有「私念」、「沉思錄」、「藝術家的肖像」、「思果散文集」（前三書的選集）和近著「看花集」。有人批評他的散文說：「寫作的題材都是現代生活中的普通事。但是對人性和行爲的刻劃甚深。」「有時一件日常生活起居的瑣碎煩事，經他信手拈來，便覺興味盎然。」思果教授最激賞讚譽的散文作家是周作人、周樹人（魯迅）和梁實秋。周氏兄弟的散文姑置不論。梁實秋教授的「雅舍小品」，寫的雖也是瑣碎煩事，而文辭典雅，情韻雋永，讀者細細品味咀嚼，方知「妙筆生花」，並非虛妄。思果教授有「論散文」、「中英美散文比較」二文，剖露他對散文的看法。雖然他自謙「粗劣地說了幾句」、「淺陋有輕重不勻，掛一漏萬的毛病。」可是，和坊間那些所謂「名家」動不動就板起面孔，來斥責讀者寫散文要如何如何，而不可如何如何比較起來，其間差異，不啻天壤。筆者對散文一向外行，不敢奢談散文的寫作，僅願就思果教授幾句警辟剴切，要言不煩的見解，稍加引伸敍說，以就正於方家君子。

思果教授認爲散文有廣義，有狹義。所謂廣義的散文，他說：「凡不是用合節拍的韻文寫成的散文都是。」他又說：「凡不用韻的文字，包括小說、論文、新聞，乃至廣告都算在內。」所謂狹義的散文，他說：「最狹義的散文是那種只有情理，而沒有故事的文字。說理表現出卓越的智慧，表情表現出豐美、眞實，但有節制的感情，有趣而不俗，以文字見長而言之未必有物，繼承文學的傳統，而另闢新的天地。」他又說：「比較短的一篇一篇文章，有一定的題目，往往表現作者對人生事物的看法和感受。」可是，他反對將散文分成抒情的和說理的，或者分成記敍文、描寫文和議論文，他認爲那種分法「有什麼用」。一般的隨筆、小品文、雜感，雖說也是散文的別稱。但是思果教授認爲隨筆、小品文、雜感，必定要從狹義的散文裏剔除。就以余光中而論，他雖然有「左手的繆思」、「望鄉的牧神」、「焚鶴人」和「聽聽那冷雨」幾本散文集。如果將裏面若干評介、議論的文字略去不計，那麼剩餘的「狹義的散文」，只有寥寥二十來篇。再如葉珊（楊牧），他的散文集，自認「落實探討」。但是他的近作「年輪」，漸漸脫離散文的軌道，羼雜詩句，又將人生深奧的哲理感受形諸筆端，正犯了思果教授所謂不純淨的語病。他認爲散文首在純淨，所謂純淨並不是通篇全是警句的意思。他調侃地說：「散文不純淨，等於白蘭地酒裏攙了洗脚水。」

其次，思果教授認爲散文的思路要清晰，條理也要分明。他肯定散文的本質要能具體的寫出人情事理，而對外界的一切現象，更要細微的觀察，追風捕影，掉弄玄虛，而一味自作聰明，賣弄才情的文字，都要割棄。他還特別強調散文要具有「美文」的本質。如果作者文字拙劣，縱然他的觀察有獨到的細微精切，他還是不能成爲散文家。他雖肯定散文的文字和內容並駕齊驅，難分軒輊，但是他更強調文字是散文的骨骼和血肉。一個作者連散文都寫不通，他決不能寫出千錘百鍊而精簡濃縮的詩歌。就是小說或是戲劇的作者，也要具備能寫一手優美散文的能力，否則縱然他有如何動人的故事，也引不起讀者、觀衆的喝采。思果教授一向最心服的散文家是英國的培根、法國的蒙丹納（一譯蒙田）、德國的尼采和俄國的托爾斯泰。他們無一不是博學多才的大思想家。他認爲我們的散文缺少智慧，缺少諷刺，又喜歡羼入詩詞的韻律和字眼。

思果教授把我們和西方接觸後的散文，稱爲「新散文」，他認爲新散文的特色是寫作和想像的範圍空前的擴大，加上受英美散文的影響，不再像以前那樣傷感，文字也比以前更爲經濟，且又富有輕鬆、諧趣的意味，而間接引進嶄新的智識，更拓展散文的境界。但思果教授卻從來沒有反對散文作家讀線裝書，他認爲從先秦諸子、司馬遷以降，我們就有擲地作金石聲的散文。只是我們的作家自己不成器，始終沒有擺脫古老的舊套枷鎖，也沒有捨棄古文的曲折，而轉換爲直截收斂，而形式和內容也沒有脫離韻文，而蛻化爲口語。

另外，思果教授認爲劣譯的充斥是斲傷散文的癥結，拙劣的散文，不但沒有使我們的作家吸收英美文學的菁華，反而弄得我們文壇「不中不西」的尷尬困境。這或許就是思果教授撰寫他的鉅著「翻譯研究」的動機。

有人試圖將散文分爲婉約和雄偉兩派，又有意將余光中列爲雄偉，而將葉珊（楊牧）歸入婉約。當然，這種二分法是從西洋移入的。其實，誰也知道編「古文辭類纂」的姚鼐就曾將文章分爲陽剛（略等於雄偉），陰柔（略等於婉約）。姑不論如此分類的巨窳，平心而論，這種分類，實有極其曖昧混淆的缺憾。一個作家的作品如果永遠都是因襲同一類型，沒有突變創新，那麼這個作家，如果不是江郎才盡，便是懶惰落伍。一個作家，如果始終囿縛於狹促的象牙塔，他一定不能成爲「偉大的」。他務必時時能突破古舊的風格，更簡截地說，他要有一枝「千嬌百媚」的筆。思果教授洞見這種分類的限制和弊病，於是他認爲散文家不妨分成二派，一派喜歡警句，恨不得語語驚人。另一派不矜才氣，他們的作品乍讀似乎平淡，等到通篇讀畢，才覺得滋味無窮。

散文的日趨沒落是不能否認的事實。而散文的寫作，也不能像一般數理科學有一定的公式可以遵循代入。但是我們似乎也不必悲觀地說完全沒有可讓讀者摸索的途徑。思果教授以他三四十年寫作散文的經驗，認爲「我們寫散文最要緊的是看大作家怎麼寫通篇，由什麼事件，什麼點談起，一路發展下去，怎樣結果。什麼材料是可以收容，什麼材料應該摒棄。」他建議讀者不妨多多閱讀中外名家的散文，然後去蕪存菁，再注入個人對人生的體驗，如此或許可挽回散文日漸式微的命運。

三月十四日瑩瑩周晬

六十五年三月廿一日中央副刊

行家的話

——「散文淺談」讀後

前言：言曦的「散文淺談」洋洋灑灑數萬言，又斷斷續續披露，對初次從事散文寫作的讀者，受益恐怕不深。筆者不揣譾陋，僅將其菁華摘出，對讀者或許不無少補。爲儘量保存「散文淺談」的面目，幸勿以引文過多罪我。

就像書法要臨帖，繪畫要素描，散文是多種文學類型寫作的基石。一個作家如果拙於散文，恐怕就很難寫出好的小說、戲劇，因爲小說、戲劇有時羼雜的敍述或是議論，本身可能就是好的散文。一個散文作家必須具備有思辨圓熟的訓練和謀篇鑄句的工夫。因爲如果一篇散文寫不好，恐怕也很難成爲小說家或戲劇家。就像一個走路蹣跚的人，恐怕也很難成爲傑出的舞蹈家。

不幸的，一般人往往忽略藝術創作必要講求的構思、布局和經營的過程。往往落筆寫一段，停筆再寫一段。更不幸的，有人認爲散文可以很「散」，不必講求章法。認爲散文不必深思，便可隨意拈來。認爲散文只是作者個性的表現，可以揮灑自如。事實上，任何藝術創作，「資稟、師承、法度、磨鍊，缺一不可」。寫作就像建造房屋，必要有繩墨規矩，否則就無法成方圓。首先要經過嚴格的束縛階段，才能從心所欲而不踰矩，達到「以有法歸於無法」的境界。而且中國歷代散文的發達，並不弱於詩詞，有關詩詞寫作的論著可謂汗牛充棟，卻沒有一本專講散文法度的論著。而零縑斷簡的文字，不是矯揉造作，便是浮光掠影，而言曦的「散文淺談」——收「辨體例」、「觀流變」、「詮風骨」、「存法度」、「謀篇章」、「鍊辭句」、「察聲律」、「齊語文」、「衡徐朱」和「貢蒭言」——正彌補這個缺陷。

「辨體例」開宗明義就指陳要鑑別詩歌散文的難題。以有韻爲詩，無韻爲文的劃分，自然嫌籠統。除詩外，書信、奏議、詔令、碑銘、日記、誄詞等，都可說是散文，也可說都不是散文，要檢視是不是具備散文的條件。言曦自謙提出比較籠統的散文界說是：

一、有節奏而無韻。

二、可以寫高遠的境界意象，但必須避免艱澀模稜，以明確爲高。

三、具藝術欣賞價值而結構完全。

前二項是剖析詩歌、散文分界的標準，第三項則將一般缺乏藝術欣賞價值的實用文字和若干作家的呢喃獨白剔除。這樣的話，不管依形式或實用目的，將散文分爲書信、議論、日記、報導，或是就內涵性質分爲說理、抒情、寫景、敍事，顯然都無關緊要。因爲不管一篇政論、一篇傳記、一篇隨筆決定到底是不是散文的關鍵，在於有沒有達到藝術欣賞價值的要求目標。

構成散文有三個層次㈠內蘊也就是風骨㈡爲恰當表達此一內蘊所需的詞采與運用貫串的技巧魄力㈢最後使讀者所感受的體態與氣韻。「詮風骨」詮釋第一個層次，「謀篇章」、「鍊辭句」、「察聲律」詮釋第二、第三個層次。「衡徐朱」、「貢蒭言」則是依據構成散文的三個層次分析初期白話散文和近三十年來散文作家的風貌。指出目前我們散文的缺點，並指出寫作的方向。

言曦的「散文淺談」以「文心雕龍」、「文鏡秘府論」和西塞羅、亞里斯多德的著作爲理論架構。他說：「古今中外第一等散文，莫不以風骨爲先」。風指情懷沉摯，骨指義理昭明。任何作家，必定是胸臆有不得不抒的情，有不得不辯的理，然後才下筆抒攄爲篇章。必定是先要能感動作者自己，才可能去感動別人。否則徒務堆砌、專事誕麗，甚者「言之無物」的繁縟，顯然都是「綴文而選情，設辭而矯理」，便無足觀。架立散文內蘊的風骨後，緊接著便是詞采技巧的如何表現問題。

西塞羅把謀篇分爲五個層次㈠定旨：使用的語言不能脫離所要表達的思想。㈡蒐材：收集和題旨相關的事件和論證。㈢布局：正確的分配辭彙和論證的位置。㈣檢視風格的統一與和諧。㈤發表讓讀者考驗有沒有順暢，有沒有達到預期的效果。而西洋現代修辭學將西塞羅的理論稍修正爲四個層次，第一個層次是選題：作家依據個人的才情，選擇個人最熟悉而讀者最有興趣，且最易感動別人的題材。選題有五項基本要求⑴適時⑵適人⑶重要性⑷衝突性⑸娛樂性。而選題有一個更重要的原則就是「寧取其小毋失於大，取其奇毋失於俗」。言曦說：「永遠也不要想用幾千字，去寫應該用幾十萬字才能寫好的大題目」。就像一般遊記或應時的散文，如果不是奇特怪異，恐怕就不易引人。第二個層次是析題：從幾個角度去縷析題目所欲表達的思想，該用何種方式處理，才能完成預期傳達的效果。第三個層次是蒐材：儘量收集與題目有關的前人或當代的資料，再利用這些資料啓發個人的獨特新意。務去陳言，避免人云亦云的剽竊和襲用前人現成的句法。第四個層次是分段：分段要把握五項基本原則⑴段是整篇文章的基本單位，必須要求完整的思想。⑵每一段要有幾句重要的句子說明中心思想的所在。⑶支持段落彼此間論點的字數長短必須平衡。⑷段落的安排必須要求適當而正確的秩序。⑸段落間意義必須連貫。細分雖爲若干段落，組合卻仍成一個整體。

而評估散文的重要基準，言曦認爲可以檢視成篇後，「是不是能呈現一種風格」。因爲風格能表現某一時代某一作家藝術創作的獨特性， 有人替風格界說爲「把適當的字句放在適當的地方」。字句是構成文章的最基本單位，一個散文作家必要有豐縟的詞彙，然後才能從許多同義的字句，挑選最妥貼的字眼。而要具備豐縟的詞彙，在於篤思，在於勤學，在於觀物。而對詞彙的選擇又牽涉到表現力、上下文的連貫性與音響的抑揚頓挫等問題。「鍊辭句」指出所謂「適當的地方」就是「要和上下文發生正確的關聯」。同一個字、同一個句，往往因爲配置的次序改變，便發生涇渭分明的差異效果，且影響表現力的強弱。劉勰的「文心雕龍」，提出練字的四項原則是⑴避詭異：避免使用奥文僻字。⑵省聯邊：避免接二連三使用同樣邊旁的字。⑶權重出：避免重複使用相同的字。⑷調單複：避免字劃多或寡的字連續，應間隔使用。亞里斯多德、西塞羅、和西洋現代修辭學等專家，則提出比「文心雕龍」更周延更細密的見解。㈠選字精當：選字最基本的要求是正確、明白、自然。「一篇散文如何能爲大多數讀者所接受，又不流於貧枯筆調，在選詞上，眞是需要仔細推敲的」。他們提出的具體主張是多用單音節或雙音節的短字，少用多音節的長字。避免使用僻字、難字、方言、俚語、俗語，更不能夾雜穢語。儘量使用平實易曉的詞彙，但是遇到敍述不幸或不體面的事，則不妨稍用曲筆或飾詞。㈡描敍簡質：簡就是芟繁去蕪，不必要的字一個也不能多。質就是不使用空泛、不著邊際、解釋模稜的字眼，儘量使用表現具體形像，意義確定的詞彙，多用主動少用被動。避免不必要的浮詞廢字，但「簡」與「質」彼此必須配合使用，否則仍是堆砌。㈢造句宜短：凡是欲表達的思想可以使用十個字表達清楚的，卻使用二、三十個字，便是贅句，亞里斯多德主張使用完整的短句。他設立「應該短到什麼程度」的基準是⑴容易記誦⑵普通人一口氣可以唸完。而中國文言文一向以四字一句爲常經，但是有時爲增強氣勢，無妨參差其句法，有時爲貫其義而張其氣，只要不冗贅，縱然偶而間用長句亦無妨。㈣設辭須巧：造句得法常使人以最快速度獲最深印象，記憶又最久遠。而警句、雋語如果設置得宜，有時寥寥數語卻比洋洋灑灑萬言長文感人。而排比、對比的使用最容易增加氣勢，使全篇生色。而不管警句、雋語，或是排比、對比的使用也要求自然貼切，過分粗濫有時會造成反效果。

氣勢是貫穿全篇，以控制章句的一股無形力量。氣盛則詞旨相接，義蘊通達，無艱澀，無繁衍，行文自然流暢。而影響行氣有三個因素應儘量避免①歧義：詞彙駁雜而前後矛盾。②衍辭：使用不必要的詞彙，使文氣中斷。③病聲：故作詰屈聱牙，使氣阻而音滯。而聲律原本是鑄字造句必須深入探究的道理。音節的抑揚頓挫，關係全篇的氣勢與風格，因爲漢字是單音單字，且有四聲平仄的分別，造成中國散文或多或少都夾雜駢偶的語彙，所謂「平仄不調則無以爲詩，四聲不分則無以成言」。凡是音節順暢悅耳的散文，讓人有欣賞音樂般的享受。而散文不但詞采是經過詩詞鍛鍊的工夫，就是聲律也得自詩詞的推敲。因爲做詩填詞，有時爲求一字，躊躇終日。經過這麼嚴格的錘鍊，寫起散文自然左右逢源而了無窒碍。如果缺乏這樣素養，而只在文字表面尋求鍛鍊，不但事倍功半，根本不可能達到琅琅上口的效果。

言曦毫不隱諱指出目前我們某些散文作家，或因欠缺才情，始終停留在浮淺的抒情泥沼而不能自拔，徒事纖巧，造成委靡堆砌的卑俗習氣。他們忘記第一等的散文，必須蘊蓄有深情的敍事。而他們表達方式的病態是惡性的歐化，造成劣譯和直接模倣歐式句型的後果。這種病態的癥結或是因爲他們沒有讀懂原文，只是依照個人的直覺而誤譯，結果晦澀難解。或是他們雖看懂原文，卻沒有利用正確的中文表達。或是遇到新名詞，他們不從多方面去推敲揣摩，便採取直接的「硬譯」。而一般讀慣外文的散文作家又喜用倒裝句、複式子句，或未來式，以及連續使用幾個否定來表達肯定，造成連篇累牘、意少、辭繁的冗文贅句。而目前稿費又以篇幅長短計酬，一般作者往往又疏於剪裁的工作。另外便是一般作者對專門術語的使用，沒有顧慮到對方場合，如果是專家雲集的學術會議，自然無妨儘量採用「行話」，如果面對的是一般讀者，就要避免冷僻罕見的術語，縱然不得已，也要稍加解釋。

言曦更指出目前我們的散文最大危機是中文程度的普遍低落。如果一個人對本國的文字都缺少駕馭的能力，那麼彼此意見的溝通無形中便發生阻隔。日常的生活方式和工作效率間接都造成不良的後果。而目前我們大學的語文教育，中文系過分偏重訓詁考據，外文系也沒有培養鍛鍊中文的寫作能力。而兩者又疏略於文學基本素養的涵詠。雖說社會有如此衆多精通外國古典文學或是本國訓詁考據的專家，可是卻與實際的散文寫作脫節。言曦以他三、四十年寫作散文的經驗，提出新的「八不主義」，當爲一般有志於散文寫作的圭臬。

一、不寫艱澀古文夾雜白話虛字的假語體。
二、不寫繁複生硬的歐式句型。
三、不作浮淺濫情的小兒女語。
四、不作枯瘠板滯的說理文字。
五、不寫言不由衷或故意迂迴堆砌的冗文贅詞。
六、不用僻典。
七、不輕易引進意義不確定的新詞彙。

八、不用不必要的專門術語。

有人說：「寫作如游泳」，縱然將游泳的理論倒背如流，如果沒下水，也是無濟於事。理論歸理論，創作歸創作。縱然將散文的理論鑽研滾瓜爛熟，卻沒有親自從事創作，那麼所有的理論，顯然都會落空。

六十八年八月明道文藝

「園地」真的「無花」嗎？

西洋小說大師亨利・詹姆斯（Henry James）曾批評英國維多利亞時期的不少小說都是「垃圾」。我們坊間的出版社如雨後春筍在街頭巷尾一家一家的出現。我們的作家也如過江之鯽，「多到使人可以在街頭一拳打倒四五個」。我們的作品也汗牛充棟、林林總總。但是往往不是觀念模糊或俚俗，便是文筆軟弱而蕪雜，名副其實是「垃圾」。另外有些作者的回憶錄或自傳，又往往以英雄自居，或是長篇累牘的連載小說，又往往不顧別人的反應，硬將讀者當成牛馬，這些作品無以名之，曰「草料」。刪除「垃圾」、「草料」，夠稱爲「精神食糧」——長短大小不拘，必須讀之令人氣爽或神馳——算來算去，恐怕十僅存一二。

希望文壇拋磚引玉多提供讀者有滋味、有營養的「精神食糧」，是傅孝先教授出版「無花的園地」的動機。他認爲雜文小品該像大熔爐，是「什麼雜事都可以熔進去」。雖然雜文小品東拉西扯也「扯不出什麼大道理來」，但是上乘的雜文小品卻「言之無物，讀之有味」。他一再強調雜文小品要講求淺顯，文體要力求純淨，句法要凝重，要洗盡浮誇的惡習。行文要簡鍊、準確。

如果能靈活運用古今中外的詩詞雋句，有時引經據典，不但有濃馥的書卷氣，絲毫不帶酸腐氣味，且將使文章更見含蓄、更富情趣。他又認爲雜文小品至少有三忌——滑、粘、鄙。有人油裏滑氣，卻又強作幽默，造成「文氣虛張，句法弛懈」的毛病。有人認爲粘性愈重，愈具有感情。其實散文比詩歌還要講求乾燥而不可粘滯。而坊間一味強調粗鄙和俗氣的作風，顯然也是違反常態，而有矯枉過正、矯揉造作的弊端。

「無花的園地」雖是收集雜記、簡論、速寫以及隨筆等二十三篇，篇幅無多，但是像「從女權談到中國文學的缺點」、「漫談紅樓夢及其詩詞」和「書評、令譽和文學獎」等需要搜古證今詳細縷陳史實的冷僻題目，傅教授卻沒有老氣橫秋的板起面孔，或是故意作態去品頭論足，而只是輕巧落筆，又騁其行雲流水般的灑脫，讓讀者有毫不自主地讀下去的衝動。又像「惘然與偶然」的論我你、我它的人際關係、「解脫與逃避」的論自殺，他沒有苛求別人捨棄我你的惘然感覺，而擇取偶然的我它關係。他也沒有責備自殺是懦弱，或是不負責任的行爲。他只是利用深入淺出的引證歷來對自殺的看法和人際關係的抉擇，然後再深中肯綮的歸納出結論：「自殺是一種錯誤」、「自殺者極少在理論上求根據」、「我你的關係常常是一種幻覺，只有我它的關係是眞的和不可免的」。讓讀者有水乳交融，而不會有突兀搪塞的僵死冷硬感覺。而像「理髮的煩惱」、「山坡下的理髮師」等身邊瑣事的自傳或回憶錄，他也不像坊間一般作家的憤世嫉俗，不厭其煩誇耀自己是如何如何的偉大，或是冷嘲熱諷將自己貶損得體無完膚。他只是從彼此三言兩語的對談，體會出那位理髮師確實有些與衆不同。因爲理髮師告訴他：「人活著，總得找點事做做，可不是嗎？」類此芝麻小事，卻也語語貼切，「無花的園地」俯拾皆是，不勝枚舉。

從童年到青年，傅教授讀過不少古文和詩詞，後來又將全副精力花在英美文學，又教過多年的作文和修辭，對章法、句法、遣詞和標點符號有清晰的觀念，力求表達愼重和準確。而又擺脫字句文雅束縛，以辭藻優美取勝一般深受古典文學薰陶過深的通病。他就沒有崇洋、媚洋作家那種趾高氣揚、眉飛色舞的狂妄或滿篇累牘的歐化語法。也沒有一般墨守成規的老學究故步自封或抱殘守闕，而又聲嘶力竭訴說本國如何如何的偉大的醜態。他既不標榜自己，也不刻意自慚形穢。雖然有些見解也只是綜合前人的說法，卻又不落窠臼。雖只是吉光片羽，卻又讓讀者有比讀長篇嚴肅的論文專著更有收穫的感覺。就像他說：「中文句法較散漫、較簡短，英文句法比中文要嚴謹」、「職業教育旨在教人如何謀生」、「人文教育要教我們怎樣思想、怎樣生活、怎樣做人」，「實寫法易犯平鋪直敍、拘泥滯澀」、「虛寫法筆觸輕靈、飄逸有致。情韻悠然，映帶生姿」等結論，尖銳犀利而沒有模稜兩可的通病。如果是學植不厚，難免被譏諷爲拾人牙慧、人云亦云。

而有時意見和前賢博雅君子相左，傅教授也毫不隱諱坦誠指出其缺點。譬如他就認爲「古今詩話詞話中肯的批評固纍纍皆是，但本末倒置之處也不少」然後以明初顧文昱的七律「白雁」爲例：

「萬里西風吹羽儀，獨傳霜翰向南飛。
蘆花映月迷清影，江水含秋點素輝。
錦瑟夜調冰作柱，玉關曉度雪侵衣。
天涯兄弟離羣久，皓首江湖猶未歸。」

沈德潛極力推崇結尾兩句，朱彝尊則激賞五六二語。傅教授卻認爲歷來批評家對該詩有溢美之嫌，且往往誤置重點。因爲結尾兩句比喻陳舊。五六二句「工整有餘，姿致不足」。他綜觀全詩認爲應以三四兩句最勝。因爲「第三句非常巧妙地點明了白雁的色澤；第四句則寫盡了它的淸華和高逸（『秋』字顯得特別有力）」。像這種前人幾成定論的翻案，如果不是酖湛詩詞的謹嚴周密，難免會流於自說自道或抄襲成文的濫調。

梁實秋教授的「雅舍小品」，陳之藩教授的「旅美小簡」、「在春風裏」，和「劍河倒影」那種雋永飄逸、世故圓熟、深沉勁鍊（陳鼎環語）的散文，漸漸有變成「絕響」的危機。坊間的散文徒然令人喟嘆「今日沒有散文看」、「現代沒有人寫散文了」。比起梁、陳教授的散文，「無花的園地」難免有用典稍嫌晦澀、引證詩詞古文繁複和行文欠缺婉約、不夠俊朗等瑕疵。但是比起那些信手揮灑，下筆萬言，一年竟出版若干本著作，細按其內容又無非是作者夢魘的獨白的作家，又何啻天壤。

「無花的園地」也許會在散文的池塘，激起絢爛的漣漪。

六十七年六月五日華副

「衆荷喧嘩」的變調

——一朵午荷

一般人往往有一個錯誤的觀念，認爲散文的作者無非是發洩無聊的情緒，或是滿足那股與生俱來原始表現的衝動，卻無法在詩歌、小說有所造就後的一條出路。雖然批評界對詩歌、小說多少有彼起此落的迴響，但卻始終沒有爲散文尋求肯定的位置。往往還是以西洋對文學類型的理論爲依據，武斷地截取論文、小說甚至戲劇的片斷，或是以新聞、講稿當爲散文的範疇。而批評界也始終沒有樹立月旦散文的工具。一般人對散文的要求，仍然停留在「質樸自然、冲淡雋永」的老調。

說起來實在可笑，以「無岸之河」、「石室的死亡」、「魔歌」等詩集奠定詩人地位的洛夫，他以筆名——野叟發表的處女作——「秋日的庭院」，竟然是一篇散文（當時洛夫年僅十五歲），而距離發表處女作幾乎長達四十年，他的散文集——「一朵午荷」才姍姍來遲與讀者見面。雖然洛夫謙稱「一朵午荷」是「俗事淺語」、是「寒傖與酸楚」，眞實性如何，留待那些慧眼獨具的批評家去探討論定。而「一朵午荷」卷首的代序——「閑話散文」讀之再三，卻無端勾起滿腹題外的感觸。

詩人余光中認爲散文往往只是詩歌的延長，讓寫詩歌的右手休息，左手才寫點散文，於是將他的散文集取名爲「左手的繆思」。詩人葉珊也認爲一個詩人，因爲不甘「單純」而提筆寫散文，似乎也是自然而無可厚非的事。他坦率承認說：「散文只是我兩片瓊瓦（Genre 文類一詞音節相和的譯稱）中比較次要的一片。」一般人也往往認爲詩人寫散文是不務正業，詩人寫散文只是寫詩後的一種休閒活動。洛夫也謙稱因爲本身受這種錯誤的導引，徒使歲月蹉跎，沒有好好在散文寫作下過功夫。但是余光中卻要求散文要有聲、有色、有光。他認爲目前我們的散文，並沒有捕捉現代人的生活。余光中認爲現代散文要有足夠的彈性與密度。他爲要提煉至純至情的字句，和與衆迥異的字彙，不惜把「中國的文字壓縮、搥扁、拉長、磨利，把它拆開又拼攏，折來且疊去。」余光中不僅侃侃而談他的散文理論，他更以創作來印證散文的可能性與延伸性。他的「鬼雨」、「逍遙遊」等一系列自傳性的抒情散文，完全突破早期散文家單調而僵硬的表達，說是另外開拓現代散文蹊徑的傑作，是當之無愧的。有人曾詳細剖析余光中對於語言節奏的控馭、遣詞用字的熟練俐落尚在其次，在描繪外物界他更能充分把感情移入，他更能「以名詞作動詞來揮舞，以動詞作形容詞來描繪，有時把長句分拆，有時把短句聯串成一氣呵成的長句，具體地傳達了文中的激越奔放底情緒。」（溫任平著「黃皮膚的月亮」自序）而葉珊雖然沒有以理論來肯定散文的地位，他卻也相信「散文是一種非常可以錘鍊的文學瓊瓦」。雖然他也沒有從洞徹中西文學理論的認識過程去縷析鋪陳散文的特性，但是溫任平肯定指陳葉珊的散文，是融合魏晉駢儷的文采；與異國情調及故實的文體。同時葉珊對於整個世界人類的命運的憐憫與關懷，對生命的體認，加上他的本身濃厚浪漫氣質，使得他的散文特別婉約與沈鬱。

而洛夫對目前的散文日趨式微的悲觀論調，卻抱持另外的看法，他認為我們的文學傳統主流是抒情詩，而一般知識份子舞文弄墨的旨趣：不外是實用與說教。雖說從漢魏以降，抒情遣興純粹視為欣賞散文有脫穎而出的趨向，但也只是詩人為發洩寫詩剩餘的感興才形諸篇章，別無他種弦外之音。洛夫又認為目前的散文顯然是汗牛充棟，但是質地和表達技巧卻遠不如以前。雖然如此，他認為這並非散文沒落的徵象，而只是散文的觸鬚在不斷擴展、滲透、融合。可惜，洛夫的這種見解，又往往被一般人忽略，而沒有被採納接受。

雖然說散文是一種沒有特殊形式與獨立個性的文體，雖然說散文它是一種漫無節制的談話，可是洛夫卻服膺散文的本質——「必須是一種散漫中的統一」。而有人對目前將小品文，說理性和時評性的雜文、隨筆等都劃歸散文範疇的籠統曖昧見解提出異議，試圖從語言的單向與多向來區分散文與詩歌，認為散文是單向的語言，而詩歌是多向的語言。洛夫卻強調散文最起碼要有兩項基本要求：一是精美練達的文字，二是新鮮。一般人往往有個錯覺，以為散文只要求美，以致往往為要求美的效果，而不惜堆砌無數不必要而浮華的字眼，造成滿篇累詞贅字，所以，洛夫要求精美。一般人又往往以爲散文的範疇，既然是如此籠統曖昧，以致不是通篇囈語，便是七葷八素的拼盤式鷄尾酒式，所以洛夫要求練達。其次便是新鮮，同樣是耳邊瑣事，同樣是陳舊經驗，散文作家必須要有化腐朽爲神奇的能耐，否則因循相襲，人云亦云，往往流於庸俗與空洞。洛夫認爲：我們當前的散文界最大弊病，是思想的平庸，大多沒話找話說。於是，他要求散文要有境界的高度、與知性的深度，而達成「情理交融」的效果。洛夫批評我們的散文作家，始終停留在朱自清、徐志摩的質樸冲淡，卻始終沒有把筆椽伸入人生的各個層面。洛夫最推崇張愛玲的散文。張愛玲雖以「秧歌」、「傳奇」（即張愛玲短篇小說集）、「半生緣」奠定她的小說地位。可是，她的散文集「流言」，卻有口皆碑。有人說她的散文精細機智，有點玩世不恭，又略帶諷世的味道。也有人說她的散文思想近乎駭俗。洛夫卻認爲張愛玲是一位最擅長以最不俗的語言，描繪最俗的生活細節的散文作家。稱譽張愛玲的「嘮叨無人能及，但嘮叨得很新鮮，說的雖是瑣事，別人就無法說得這麼有趣。」

余光中、葉珊是詩人，洛夫也是詩人。余光中、葉珊開拓出兩條涇渭分明的散文路線，不知風靡多少讀者，也不知有多少作家羣起倣效，但是往往僅得他們的皮相。洛夫的「一朶午荷」，到底在我們的散文園地，能不能激起浪花，姑且不論。但是，毋庸置疑的，詩人的散文，畢竟是新鮮有創意，語言豐富且多歧義的，因爲詩人本身是最善於鑄造意象的。

六十八年八月廿日華副

從「地毯的那一端」到「步下紅毯之後」

「地毯的那一端」是張曉風的第一本散文集。雖然她自謙「地毯的那一端」只是個人一抹淡淡的痕跡，缺少色彩。但是因爲她一向堅持一個寫作原則——除非深深感動她的東西，否則她絕不輕易執筆。她堅信「地毯的那一端」絕不缺少誠懇。有人就肯定指陳一個事實，在張愛玲、佘光中、葉珊三足鼎立的散文園地，曉風算是異數。她的「地毯的那一端」那種清麗的風格、獨樹一幟，不知風靡多少讀者，那是十五年前的往事。當時，她有雄心要把這一代年輕人的思想表現出來，因爲她確信「每一代都有血、都有淚，都有純潔的心跡和不朽的希望。」而不相信我們這一代就沒有文學。因爲有一個肯定的信念，十五年來她寫散文，又寫小說、戲劇。截至目前，她的短篇小說有「哭牆」、「鐘」、「訴」、「嗯，很甜」、「樹」、「潘渡娜」、「紅鬼」、「最後的麒麟」、「人環」等，雖然就篇目字數而論，她的小說無法與她的散文、戲劇相比，但是平心而論，她的小說面貌，比她的散文更錯綜複雜，而且更帶有一份情摯深沉的美。她的短篇小說集「哭牆」（計收「哭牆」、「鐘」、「訴」、「嗯，很甜」、「樹」、「潘渡娜」等六篇）

就不是一本快樂的書，曉風說「哭牆」是一本潮濕的書、一本鹼澀的書。因爲潮濕、鹼澀，讀者感觸輕者望望窗外浮雲鬱悒難伸，重者便難免淚眼雙垂或涕泗滂沱。比起一般所謂愛情文藝小說的女作家，她的小說不管是體裁的寬度，抑是境界的深度，不啻天壤。我想這種成就，完全要歸功於她無法消除心中的愛、心中的悲憫。當然，如果僅憑寥若晨星的幾篇小說，就武斷她是小說家，顯然是信口雌黃，於事無據。但是小說家，如果缺少愛與悲憫的胸懷，恐怕令人無法置信。

從「地毯的那一端」，曉風前後完成「給你，瑩瑩」、「愁鄉石」、「黑紗」、和「步下紅毯之後」等散文集。「給你，瑩瑩」是爲一個名叫瑩瑩的女孩詮釋基督的偉大教義。「黑紗」是爲懷念一位偉人而寫的。從「地毯的那一端」，經過「愁鄉石」到「步下紅毯之後」，曉風的散文蛻變面貌，顯然有蛛絲馬跡可尋。「地毯的那一端」可說是一個在傳統中文系的女孩，受文字的訓詁和詩詞陶冶後的發洩。那裏面，有她的小小的氣惱、得意，那裏面，也有她的小小的悽傷、甜蜜。曉風坦陳將她的生命中的一抹色彩，交付給「地毯的那一端」。可是，從「愁鄉石」後，如果不是被某種強勁而有力的悲哀情緒所攫住，她是從不輕易執筆的。換句話說，外界沒有任何的條件，可以誘惑她的寫作。從「愁鄉石」後，她漸漸地擺脫「地毯的那一端」那種一個恬然而自足於一個小小的世界的女孩的感受。那個世界，完全是侷限於作者身邊瑣事和她所接觸的人、物的縮影，雖然那個世界是如是的狹窄，但是裏面卻充滿着溫馨，充滿着愛。可是，從「愁鄉石」後，除了孩子和自然外，諸多篇章是對故國的繫念。因爲要表達那種莊嚴的故國神思，曉風便不惜捐棄「地毯的那一端」早期那種華美的色彩，而試圖增添一些深度。她知道距離「地毯的那一端」那種閨閣式的世界相當遙遠，雖說閨閣式的世界是美麗的，但是那畢竟是過去。

她知道「步下紅毯之後」，更長的路要邁進，有更多該寫的東西要寫，因爲迎面而來的「是風是雨，是風雨聲中惻惻的哀鳴」，爲捕捉風聲雨聲，她便試圖向兩端延伸，一端想去觸及古典，一端想去控制現代。因爲觸及古典，除嘗試以這一代知識份子的語言，表達人生的探索，寫成「第五牆」、「武陵人」、「自烹」、「和氏璧」和「第三害」等舞臺劇外，她的散文觸鬚，也伸展到失寵於明皇的史實——「梅妃」，和「白蛇傳」故事的另一情節——「許士林的獨白」。因爲控制現代，她的散文觸鬚，也寫出懷念史惟亮的「大音」，和抗議美匪勾搭的「我們不是值得尊敬的嗎？——致美國奧克拉荷馬州參議員羅斯達克先生」。

而「步下紅毯之後」另外有一個更顯明與「地毯的那一端」截然不同的形式，便是集錦式的篇目，這種集錦式的篇目，濫觴於「愁鄉石」。像寫行道樹、楓、白千層、相思樹、梧桐的「林木篇」，像寫雨荷、清明上河圖、秋聲賦、青樓集、油傘的「雨之調」，寫羊毛圍巾、背裝、穿風衣的日子、旅行鞋、牛仔長裙、項鍊、紅絨背心的「衣履篇」等，這些集錦式的篇目文字，長短不拘，完全是曉風在日常熟見的周圍人、物接觸後，勾起一串串的縈思。而這一串串的縈思，絕非人云亦云的陳腔濫調，可說字字珠璣。雖是散文的形式，卻處處有詩歌一樣的象徵（意象），是經得起讀者細細咀嚼體味的。

曉風是一個虔誠的基督徒，她的爲人處事毫無疑問完全有遵循與膜拜基督的風範的，但是她並沒有忘記她的身上激流著中國的血液。她念的是中文，教的是詩詞曲，雖然她走過溫庭筠、姜白石的世紀，她也走過泰戈爾、朱自清的世紀，但是她卻認爲不管新舊或是中外，彼此的文學並沒有任何的隔閡與衝突。雖然她寫的作品是新的東西，可是她的與衆不同的特殊創意與造句，卻又都是從舊的文學裏蛻化出來的。她的散文，或是小說、戲劇，便是最好的註脚。

六十八年十月一日華副

喜見魯老新作

——細讀「瞎三話四集」

稱他「魯老」沒有任何戲謔不敬，而是基於年高德劭，至於有無根據，恐是想當然耳。因爲他一向自謙懶散，平常秉持少說話少做事的原則，又是喜歡選抵抗力小的方向走路的人，又是認爲什麼形容詞對他都不需要，雖然有人對他的作品望眼欲穿，雖然報章雜誌的編者函電交逼、軟施硬擠，可是他也沒有所謂寫作的衝動，幾乎每年連寫一篇作品都無法辦到，粗略估計，恐怕每歲僅得萬言。他一再確信如果一個人能有一篇可傳後世的不朽作品，那麼他一生應有不虛此行的心滿意足，對他這種一再確信「文章還是少寫爲是，不寫更好」的人，他的新作「瞎三話四集」會不聲不響的問世，實在有點突兀，卻又帶點溫馨。

「瞎三話四集」分「無法分類的夢魘與雜感」、「談書、論文」、「談舊事」和「談戲」四輯。「談書、論文」、「談舊事」兩輯的幾個題目，像「散文何以式微的問題」、「像瑣憶『文學雜誌』的創立和停刊」、像「武大舊人舊事」等顯然無法呈現魯老那種「幽默並不只是說笑話」的風格。而「談書、論文」他也曾發表有「小說死也未？」、「『眉批』美國文『市』」、「眉批美國的黑人文學」、「『維吉利亞・吳爾芙傳』讀後記」等幾篇旁徵博引，如果對中西文學造詣沒有兼備恐怕也無法寫出的深馴雅雋作品。而「談舊事」類似自傳的縮影，有許多人、物在他的「我的『誤人』與『誤己』生活」也有詳盡的著墨，而且懷往憶舊，他也發表有「哭吾師陳通伯先生」、「記吾師章淪清先生」、「記夏濟安之『趣』及其他」、「記與世驪的最後一聚」、和「記道藩先生戰後文化交流的構想」等幾篇幾乎是人人都有的身邊瑣事經驗的作品。如果沒有特殊的訓練，這種作品的表達不知不覺便像小學生剛剛執筆作文，難免淪入人云亦云或是陳腔爛調的窠臼。魯老的表達確實沒有人云亦云、陳腔爛調，確實與別人有截然不同的表達方式，可是還是無法讓讀者體味出「幽默並不只是說笑話」的風格。

而丁輯「談戲」副題——「美京觀『祝壽』戲識小」，原是魯老應香港「今日世界」雜誌社邀請，就美國誕生兩百歲慶典發表感觸的副產品。因爲他一向最懼怕熙熙攘攘的擁擠與嘈雜，更不喜歡涉足車水馬龍的熱鬧場面，於是就順著選抵抗力小的方向的個性，連續觀賞十二場「祝壽」戲。「題曰識小」乃是魯老自謙「目光如豆，見解不甚高明」。雖然自謙「潛意識中也想過一過劇評的癮」，可是就事實而論，他的劇評文字比一般專業劇評家並不遜色，除對戲劇的主題、布景、音樂、服裝、燈光、演出角色有或詳或略的評介外，更因爲他兼備中西文學的深厚造詣、有些見解便不是一般專業劇評家可望其項背的。舉個淺例，一般人總認爲不管作者或別人將小說改編的劇本無法保持原著的面貌，這種偏見當然也有道理，因爲小說與戲劇彼此的媒介物畢竟有別，而且小說又不必像戲劇有空間與時間的限制，一般人難免懷疑既然有水準的小說已經能夠滿足讀者的閱讀慾望，那又何必多此一舉改編成劇本呢？魯老卻認爲這種偏見有修正的必要。他舉例說亨利·詹姆士在小說藝術有相當高的成就，曾經寫過十八個劇本，而且還有四個劇本曾經演出，可是出乎意料之外卻沒有一次成功。但是他的小說像「金碗」（The Golden Bowl）「碧廬冤孽」（The Turn of the Screw）、「黛絡絲·密勒」（Daisy Miller）等被改編成電影、歌劇或電視劇都相當成熟，而且演出又相當成功，這未免是個諷刺。

當然要體味魯老「幽默並不只是說笑話」的風格，恐怕只有甲輯的「無法分類的夢魘與雜感」。這些夢魘與雜感沿襲「鷄尾酒會及其他」的餘緒。因爲魯老精讀熟吟英國小品文大家的作品，耳濡目染，難免在語調或節奏方面或多或少有影響或模倣的痕跡。這類小品文既不講求隱喩、象徵，也不像小說、戲劇要求嚴密的組織結構，完全是夫子自道的直抒性靈。這類小品文既沒有高深莫測的理論，也沒有譁衆取寵的吶喊，而只是輕描淡寫的道出主題，然後再擧一二實例，強調作者沒有誇大、沒有撒謊。因爲小品文的傳統主流原是眞人說實話。既然眞人說實話，有時便難免自嘲兼嘲人。不管自嘲抑是嘲人，千萬應避免刻薄尖酸，因爲刻薄尖酸除有失忠厚外，便沒有醇厚的幽默，如此小品文恐怕無法企及雋永趣味的境界。自嘲也不是謙虛，說實話也不是故弄幽默。唯有從個人的日常興趣、嗜好才可見出眞情，沒有眞情而矯揉造作，刻意冒充脫俗，甚者道貌岸然、盛氣凌人的諷刺，徒讓人感覺突兀、肉麻，而且自嘲更不可帶有憤世嫉俗的態度，帶有憤世嫉俗的自嘲難免原形暴露證明他只是毫無幽默俗不可耐的低級人物。要證明夏志清教授這些不是捧捧場的序文，姑且舉一例證。魯老在「談俗」說：「我手邊有錢，若僅夠糊口，一定先買大餅，次及典籍。我生來大約就缺少詩人的氣質，起早通常是爲了趕路，不是爲了看花。雖然偶爾也喜歡坐在院子裏看月亮，到該睡的時候，還是蒙頭大睡，並不捨不得室外的清光；總而言之，是個俗人。」既然他自承是個俗人，便難免時時刻刻注意外界如何摒除俗病的藥方。有人高唱「讀書可以改氣質」、「三日不讀書，面目可憎」，可是魯老卻認爲那只是不可救藥的樂觀主義者的論調。因爲他雖然一再讀書進修，卻總感覺「臉上身上，俗氣瀰漫，歷數十寒暑並不稍改，看來是要一俗到底了。」

據說：「瞎三話四集」的銷路較差，這是使人相當喟嘆的。拋開那些擁有無數讀者的言情、武俠小說不談，一般譁衆取寵的作家，有時一年出版三四本危言聳聽的作品，可是無非是作者個人千篇一律的夢魘，這種作品充斥市面，一版再版，而像「瞎三話四集」的作者，每年連寫一篇作品都無法辦到，他的作品不是市面無法買到，便是被冷落在以斤計價的舊書攤販。唉，悲夫。

六十九年一月廿三日華副

信不信由你

——「笨鳥慢飛」的啓示

「有一個叫蔡什麼娜的，是軍閥楊某的姨太太，長得婀娜多姿……聽說她被她的軍閥丈夫毒殺了。原因據說是她竟感懷身世，以『唐代的妻妾制度』爲題，做起畢業論文來了。楊某獲知大怒，立刻把她就地正法。……那時軍閥的勢力很大，這種勢力也延及他們不肖的子弟，他們幾乎人人有槍，並且隨身携帶，要是看誰不順眼，就是『砰』的一槍，彷彿就跟我現在捏死一隻蟑螂一樣。」

——王大空的「齊魯四年」

「笨鳥慢飛」的暢銷（六十八年三月初版，目前發行將屆二十版）就像夏元瑜的「萬馬奔騰」、「昇天記」、「流星雨」、「生花筆」、「馬後砲」、「百代封侯」和「千年古雞今日啼」一樣，絕不是譁衆取寵的低級趣味。因爲低級趣味的讀物，猝然接觸或許引發如黃河決口的快感，可是雨過天晴，卻味如嚼蠟。有人喻爲垃圾，可謂神來之筆。而老蓋仙寫的東西和「笨鳥慢飛」的文字不論（文字本來只是作者表達思緒的工具），他們拈手舉一二個淺例，讓讀者引發遐思，遐思冷靜後變成發人猛省的啓示，信不信由你。

譬如就業，誰不知道要選擇高薪，誰不知道要選擇悠閒，可是「笨鳥慢飛」的作者卻認爲報酬的高低並不是選擇工作最主要的考慮。他說：「興趣比工作更重要。」其實這也是卑之無甚高調的理論。但是工作有著落的下一步，如果沒有興趣如何繼續濫竽充數，如果沒有興趣如何人生芳華才不虛度（時髦的話：「殺時間」），卻是個讓人不知如何措其手足的難題。可是「笨鳥慢飛」的作者卻提出老嫗皆解的常識性的啓示。他說：「保持工作的興趣，引發工作的熱情，全在工作的創新和不斷的創新。」創新可以避免轉業改行。上至聖賢，下迄走卒。工作崗位如果沒有更換口味，難免沒有興趣，難免不會厭倦，厭倦與沒有興趣是最懊惱痛苦的。換個環境美其名可以勇敢接受新的挑戰。可是如果沒有專精、有始有終不要高薪、不要悠閒的「笨鳥」，世界恐怕永遠沒有安寧的頃刻。「笨鳥慢飛」的作者又提出老生常談：「如果要把工作做得好，涵蓋面既廣又深，就得一直做下去。」如此才能達到邱楠（言曦）的原則：「適合的人放在適合的位置做適合的事，工作才有成效。」信不信由你。

據「笨鳥慢飛」的作者自剖他在中國廣播公司廿五年，曾經訪問過千萬人，也曾經歷經過千萬事，旅行過千萬里。從工作中去體驗去學習。「一分一寸的摸索，一點一滴的吸收。」累積無限的知識與經驗。擴大他的見聞與胸襟。有例爲證：將長跑小將蒲仲強的名字解釋爲「普天下的中國人都強。」是望文生義。將「吹毛求『疵』」的「疵」讀爲「屁」是不拘細節，但是卻與將「酗」讀爲凶、「詣」讀爲「旨」同樣不可原諒。將宰相說成「一人之下，萬人之上」是何等位高權重的凛然，可是無形和有形的牆卻牢落阻礙靈犀的溝通，於是「笨鳥慢飛」的作者孕育的「拆牆運動」（另一個爲「願人人都做肥料運動」），「在一人之下，萬人之中」的一句話，使聖賢走卒、君王臣民的尊卑距離頓時縮短、消失無形。而崇洋卑外根深柢固的觀念作祟，反對派卽揭旗高呼：「美國是孩子們的天堂，青年人的樂園，老年人的地獄」的酸葡萄論調。「笨鳥慢飛」的作者旅美歸國的觀感是：「除功課外，他們如還有過剩的精力，必可找到適當的地方宣洩。」因爲如果你要一個美國人擧出當代最偉大的人物，不是約翰•甘迺廸總統，不是玉婆伊莉莎白•泰勒，他們八、九不離十標準答案：英國前首相邱吉爾。表現他們尊敬老年人。甚者如果你問美國的老年人一生最快樂的歲月是那一段？出乎意外的答案是：「現在」、「我現在感覺到做肥料一般的快樂。」信不信由你。

「笨鳥慢飛」的作者是屬於「生活懶散，喜睡懶覺」的類型，如果依照世俗功利的眼光，是消極、悲觀又不健康的。但是「笨鳥慢飛」的作者是屬於「常識性的哲學家」，他將人類分成智勤、智惰、愚勤和愚惰四類。所謂「唯上智下愚不移」，上智是屬於先知先覺，下愚是屬於不知不覺，上智下愚就像智勤、愚惰佔的比例可謂鳳毛麟角。「笨鳥慢飛」的作者曾擧淺例：法國外交家白里安機智多謀，辯才無礙，一言一動旋轉宇宙，但卻是標準的「智惰」，爲人懶散，喜歡睡覺。於是有人就對他說：「你的才華蓋世，如能再勤快些就更好了。」白里安卻不疾不徐地說：「我的一句話，常常使天下忙亂好些年，要是再說得多，那還得了？倒不如少說些話，多睡些覺，讓天下太平。」而「笨鳥慢飛」的作者正是標準的「愚惰」，他服膺「智僞出、有大僞」、「絕聖棄智」的道家哲學，他嚮往草昧時代「鷄犬相聞」、「老死不相往來」的原始境界。

根據專家學者研究，世界未來的隱憂有十項，分別是開發國家與開發中國家的不平衡、通貨膨脹、武器競賽、恐怖主義、能源危機、極端主義、統治領導、生化及雷射武器、經濟崩潰的可能性和暴力犯罪等。如果能夠平心靜氣思考反省，讓人恐懼疑慮的隱憂，那一項不是智慧引發的後遺症。蘇格拉底就曾經說：「如果我有什麼智慧的話，就是確知自己一無所知。」如果依言曦的解釋：「假如每個人都知道自己是蠢到什麼程度，世界就會有一半以上的人寧願自殺。」因爲他肯定的認爲人類痛苦的浩刼，便是人類企圖千方百計想解除他們的痛苦。而「笨鳥慢飛」的作者正是詮釋這種理論的見證人。他認爲「愚惰」是既笨又懶，世俗或許會鄙視，因爲他們沒有靈巧的頭腦不可能發明創造，又沒有講求速度效率的行動，可說是永遠亦步亦趨跟著公共汽車後面怒放臭氣的服從者。可是「笨鳥」雖然「慢飛」，結果卻一樣的到達目的地。如果再深入淺出的比喻，烏龜、兎子，誰比較聰明，信不信由你。

「笨鳥慢飛」的作者是被別人誤解爲「陛下，洛杉磯的天空當然也是你的」王大空。

七十一年一月四日華副

「西洋現代戲劇譯叢」評介

姚一葦教授曾喟然說過：『我發表過六部戲劇（案六部戲劇的名稱是「來自鳳凰鎮的人」、「孫飛虎搶親」、「碾玉觀音」、「紅鼻子」、「申生」和「一口箱子」），這六部戲劇雖已印在紙上，但卻像空氣中的泡沫一樣，幾乎沒人理睬。』比起詩歌、小說，不管是質或量，我們的戲劇顯然是微不足道。詩歌、小說的創作如雨後春筍，林林總總，且又方興未艾。而報章雜誌評論詩歌、小說的文字也屢見不鮮。反觀戲劇的創作，卻吉光片羽，寥若晨星。而除幾篇應時趕景對幸獲在舞臺演出前後，彼起此落的戲劇評論外，能夠獲得一二知音的青睬、一鱗半爪的披露已屬萬幸。這種既喫力又不討好的工作，除非具有像姚教授那種「我的思潮起伏，感到我還是要寫。在我的有生之年，不斷地寫下去。」對戲劇苦心孤詣、焚膏繼晷的眞摯外，一般對戲劇不是抱著觀望的態度而裹足不前，便是在中途不獲他人的賞識，像敝屣般揚棄而改絃易轍。如此惡性循環，我們的劇壇日漸死寂，我們的戲劇也窮途末路，一步一步走向黑暗。

而我們對西洋戲劇的翻譯，似乎也缺少系統的策劃，顯得零散破碎。讀者平時耳濡目染的也是一般比較時髦的存在主義作家如沙特，或是比較暢銷的作家如田納西•維廉斯的劇作。除少數專家學者外，對西洋戲劇根本缺乏通盤的認識。談論戲劇的作者作品，根本就沒有從戲劇的「原典」著手去鑽研，而只是間接從坊間的「概論」、「論叢」、「解說」的轉述文字入門，結果造成道聽塗說，人云亦云。讀者不是一知半解，便是有難窺全豹的缺憾。筆者自愧譾陋，對西洋戲劇的翻譯所知有限。除梁實秋教授翻譯莎士比亞全集外，比較有系統而有周詳的策劃的，似乎就僅有顏元叔教授主編的「西洋現代戲劇譯叢」。

「西洋現代戲劇譯叢」是顏教授在一九六九年秋，主持淡江西洋文學研究室的一項成果。他們訂有長期翻譯西洋文學名著的計劃。而決定他們從戲劇著手翻譯的原因，可能是因爲「在文學的領域中，戲劇係以文學爲基礎，是行爲和人物結合而成的綜合藝術——以生動的型態演出，使人聞其聲音，見其行事，感人的效果較之其他類型文學爲大。現代傳播效果較大的電影、廣播劇、電視劇都是戲劇的另一種表現。」（張建邦序）[1]翻譯計畫的原則決定後，接着便是編列書單的問題。顏教授首先就他熟悉的擬列劇本的作者、名稱，一再配合「譯叢」限制的字數，一再刪剔後，再請朱立民、黃瓊玖教授過目。他們兩位教授也提出寶貴的意見。另外黃美序、蔡進松也參與書單的甄選工作。因爲參與甄選的都是對西洋戲劇有專精研究的學者教授，毫無疑問的，「所選的劇作家應該是重要的劇作家，所選的劇本應該都是代表作。」

「西洋現代戲劇譯叢」甄選的作家，從易卜生到當代戲劇家。他們原來預估翻譯中文字數爲兩百到兩百五十萬。甄選出來的卅幾位戲劇家，八十幾個劇本，遠遠超過原來預估的字數，刪除挑選的工作，他們又頗費一番心血。

「西洋現代戲劇譯叢」原則決定每位劇作家選譯二——四個戲劇。依據他們預定翻譯計畫，「西洋現代戲劇譯叢」將包括四十位左右的重要劇作家，一百廿個左右的劇本。而目前坊間驚聲文物供應公司出版的「西洋現代戲劇譯叢」，計收劇作家廿六位，劇本六五個[2]，大小卅六册。頁數有寥寥不足五十頁的，如阿爾比的「動物園的故事」，也有長達四百頁的，如易卜生的「比爾根特」。依筆者粗略估計，「西洋現代戲劇譯叢」多達七千餘頁，字數最少在二百萬左右，像如此龐大煩重的工作，如果不是有遠大的眼光，堅毅的魄力，恐怕沒有人敢嘗試的。

「西洋現代戲劇譯叢」的翻譯者，經過審愼的挑選，都是對西洋文學有相當研究的教授、副教授、講師、助教和研究生等一些專業人員，讓他們來從事翻譯的工作當然是最適當的人選。但是完成的譯稿，他們也不是輕易草率就付梓。他們對譯稿有兩個基本而嚴格的要求：㈠忠實於原文，㈡流暢可讀。這是翻譯揭櫫三信條——信、達、雅——的前兩項原則。因爲如果譯文不忠實於原著，縱然是如何流暢典雅，根本就失去翻譯的目的。如果譯文艱澀難通，便不能達成翻譯的預期效果。

「西洋現代戲劇譯叢」最難能可貴的是沒有一般文學譯作的草率疎略。坊間有些文學譯作根本就沒有評介原著的文字。有些雖有評介原著的文字，也只是譯者毫無根據的夫子自道，穿鑿附會、信口開河，不一而足。使讀者「手持譯文，結果盲目摸索，常常掉入泥淖而不自知。」而「西洋現代戲劇譯叢」在每一個劇本前面有一篇評介，就該劇本的主題、結構、人物、象徵、情節、思想、對話，兼及燈光、佈景、服裝、道具，作者的生平、著作、創作背景和動機深入而詳細的探討。而執筆譯介的黃美序、顏元叔、傅良圃、郭博信、胡耀恆、朱立民等又都是對西洋戲劇有相當造詣的一時人選。他們的評介，深中肯綮，決沒有浮光掠影的模糊，也沒有隔靴搔癢的籠統。

「西洋現代戲劇譯叢」既然不是一個人能夠完成的著作，譯筆當然難免有良窳不齊的缺點。筆者不諳外文，對譯文到底有沒有達到顏教授預定的嚴格要求，不敢妄置其喙。但是關心戲劇的讀者亦不妨將坊間零散破碎的戲劇譯作，如喬治高譯的「長夜漫漫路迢迢」（尤金・奧尼爾著）、姚克譯的「推銷員之死」（阿瑟・密勒著）、張健譯的「憤怒的回首」（約翰・奧斯本著）等和「西洋現代戲劇譯叢」❸互相對照細讀，然後再詳評彼此譯文的得失優劣，亦不失是對戲劇的一件有意義的創舉工作。

我們不敢奢望有像美國的布羅凱特（Oscar G. Brockett）那種透過理論、歷史、技巧、從縱剖、橫切深入淺出介紹世界戲劇的「戲劇導論」的體大思周專著的出現。但是我們也不應妄自菲薄斷言我們的戲劇的未來就是一團漆黑。雖說「偉大的戲劇人員需要絕頂的才華」（胡耀恆教授語），到底有多少有絕頂才華的人隱藏在戲劇界，我們不得而知。但是我們的社會對戲劇和鑽研戲劇者，缺乏認識、尊重，對他們沒有負起栽培的責任，則是衆人周知而不可否認的事實。我們固然缺少嶄新的戲劇設備和器材，限於財力，恐怕短時間無法克服這種外在的缺陷，但是社會對戲劇的隔閡、漠視的態度，造成我們傳統戲劇的式微，顯然也是難辭其咎的。雖說從翻譯的劇作去了解西洋的戲劇，或許有許多不可避免的限制和誤解。但是在我們的社會對戲劇如此的陌生、忽視的情況下，「西洋現代戲劇譯叢」的用心是何等的艮苦，「西洋現代戲劇譯叢」付出的心血又是何等的令人激賞。

每次閱讀到姚一葦教授那種「無論自形式或內容言，均推陳出新，可謂無一相同。其對人生的體認、結構的緜密、詩意的濃馥、趣味的雋永、思想的深刻」的劇本時，卻始終默默沒有受人理睬，沒有激起任何的漣漪，就令人扼腕唏嘘不已。每當憶起梁實秋教授以七十高齡譯畢莎翁戲劇全集後，又誓言要以餘年，用中文寫「英國文學史」、用英文寫「中國文學史」數百萬言著作的宏願，就爲我們文壇的短視近利而汗顏得無地自容。寫作戲劇這種踽踽蒼涼的工作，既沒有美名鉅利可圖，又要經年累月付出心血，恐怕不是一般急功近利不能耐住寂寞者，所能忍受從事的。

某人曾說：「要忠愛自己的國家，至少要爲本國讀者翻譯一本外文的書」，這種期望對某些人而言，或許近乎苛刻，但是我們如果翹首寄望博雅君子，能再接再厲的踵武「莎士比亞戲劇全集」、「西洋現代戲劇譯叢」而更上一層樓，創作或翻譯，嘉惠本國讀者的戲劇，恐怕也不是無理的要求。

附註

❶ 已故的俞大綱教授也認爲「戲劇融滙文與史的意識，而出之以形象」、「誘導文史嗜好者進入另一文史境界的具象藝術，不期然的會引起文史嗜好者的欣賞和研究興趣」。（「戲劇縱橫談」自序）

❷ 「西洋現代戲劇譯叢」所收的劇作家、劇本是

1 卡　繆　「柯里古拉」、「正義之士」
2 羅　卡　「血婚」、「白納德之屋」
3 辛約翰　「西方男兒」、「海上騎士」、「幽谷暗影」、「憂愁的黛德」
4 伊歐涅斯柯　「禿頭女高音」、「犀牛」
5 貝克特　「等待果陀」、「啞劇」、「克拉普最後的錄音帶」、「終局」
6 韋爾德　「小鎭」、「出生入死」
7 歐奈爾　「鍾斯皇帝」、「荒野」、「安娜克莉絲蒂」、「榆下之戀」、「日暮途遠」
8 米　勒　「推銷商之死」、「熔爐」
9 考克圖　「奧非」、「雙頭鷹」
10 品　特　「看房子的人」、「重回故里」
11 歐立德　「大教堂內的謀殺」、「鷄尾酒會」、「元老政治家」、「家庭重聚」
12 歐凱西　「朱諾和孔雀」、「紫色的塵土」
13 沙　托　「羣蠅」、「無路可出」、「可敬的娼妓」

14易卜生「羣鬼」、「海達・蓋伯樂」、「比爾・根特」

15葉慈「凱瑟琳女伯爵」、「凱瑟琳郝立漢之女」、「那一鍋湯」、「黛珠麗」、「演員女皇」、「猫與月亮」、「煉獄」

16漢司白瑞「陽光下的乾葡萄」、「希德尼窗上的標幟」

17奥斯本「怒目回顧」、「不能承認的證據」

18蕭伯納「聖女貞德」、「安卓克利斯與獅子」

19威廉士「慾望街車」、「奥斐阿斯下凡」

20阿努義「雲雀」、「月暈」

21布雷希特「高加索灰欄記」、「四川好人」

22羅斯丹「西哈諾」

23彼倫德洛「亨利第四」

24契可夫「凡尼亞舅舅」

25白格門「夏夜的微笑」、「第七封印」

26阿爾比「美國之夢」、「動物園的故事」

❸「長夜漫漫路迢迢」、「推銷員之死」、「憤怒的回首」三個劇本，「西洋現代戲劇譯叢」分別譯爲「日暮途窮」、「推銷員之死」、「怒目回顧」。

六十七年八月「幼獅文藝」二九六期

淺嚐「戲劇論集」和「世界戲劇藝術欣賞——世界戲劇史」

在目前的文壇，戲劇是相當寂寞的。劇本除梁實秋教授譯的莎士比亞全集、和顏元叔教授主編的西洋戲劇譯叢外，幾乎都是零星瑣碎、一鱗半爪。而一般對戲劇的介紹、評論，又往往都有偏重電影的趨向。難道說，戲劇就只侷促於電影一隅？最近閱讀姚一葦教授著的「戲劇論集」和胡耀恆教授譯的「世界戲劇藝術欣賞——世界戲劇史」（布羅凱特 Oscar G. Brockett 著），感觸頗多，略敍淺見一、二，求教於方家君子。

姚教授學識淵博，治學勤奮，態度謙遜嚴謹，一向爲學術界所激賞。「戲劇論集」的前面二篇論文：「戲劇的時空觀」、「戲劇的動作」，簡直就可以當爲戲劇導論來研讀。他在「戲劇的時空觀」的總論裏，首先說明戲劇、和小說、敍事詩的差異，介紹對戲劇時空有嚴格限制的「三一律」。在總論的最後又提到最近戲劇中另外一種特殊的時空表現方法：「倒轉」或「回敍」。接着才長篇敍述時間的「延展型」和「集中型」，並舉莎士比亞的「哈姆雷特」和希臘蘇福克里斯的「伊底普斯王」爲例子，分析其型式、特色、限制和缺陷。姚教授的論文，深入淺出，有條不紊，娓娓道來，只要稍具有文學理論的基本常識的讀者，絕對不會感到艱澀而廢書興歎的。

布羅凱特的「世界戲劇藝術欣賞——世界戲劇史」，自一九六九年問世以來，陸續地被世界各地大學採用為戲劇課程的教科書，誠如彭歌教授對該書的評語：「好的教科書都以綱舉目張深入淺出爲主，有主見而又不宜太主觀。此書的好處尤在其敍述的明確和生動」。目前，坊間一般文學理論的書籍，不是淺蕪空洞，便是艱深晦澀。而布羅凱特的這本鉅著，不但沒有這種通病，而且可讀性相當高。該書博大精深，對希臘羅馬、文藝復興各時代的戲劇思潮、歷史淵源都有詳細的闡述。而對古典主義、浪漫主義、寫實主義、自然主義、象徵主義、表現主義和史詩劇場，更有剴切深入的剖析，並就主題、思想、情節、佈局、結構、人物、語言、音樂來分析各種學派作家的代表作。更難能可貴的是該書第四篇「美國現代的劇場藝術」，討論的都是一般比較容易被忽略或鄙視的問題：劇作家與演出者、導演、演員，佈景、服裝和燈光的設計人，音樂的舞蹈，戲劇業。而這些又都是戲劇的實際問題。造成一般人欣賞戲劇往往「知其然而不知其所以然」，永遠只停止在「故事」的表面了解，而遺漏了戲劇技巧和表現的精髓。而該書第一篇「基本問題」的第三章「戲劇的結構、形式與風格」，可說是精簡中肯的戲劇導論。結構依據亞里斯多德的戲劇六大內容——情節、人物、思想、語言、音樂和景觀，逐項敍述。而說明形式的要素決定於材料、作者和目的，分戲劇為悲劇、喜劇和通俗劇三種類型。更肯定風格要受⑴眞理與現實的假定⑵劇作家使用表達工具的方式⑶劇本在戲院演出的方式所左右。這些都是相當簡潔明確的見解。胡敎授認爲「布氏每章中對劇本的分析，像是一首首鋼琴練習曲，有待於我們先融會貫通，再求熟能生巧，終致指法如行雲流水一般」。誠是顛撲不破的評語。更可喜的是胡敎授的譯文，處處都是神來之筆。「信」，淺學如我，不敢輕許，而「達」「雅」，則在一般同類文學理論的書籍我認爲未有出其右者。而且遣詞用字的典雅精當，完全看不出是翻譯的作品。

也許是因爲文壇一般有關戲劇的著作奇缺，也許是因爲電影的吸引觀衆，而使一般人忽略，甚至輕視了舞臺戲劇。我們願寄語對戲劇有見識有研究如姚敎授、胡敎授者，能寫出更多有關戲劇的著作，如「戲劇論」「中國戲劇史」……的專書，來打破目前文壇戲劇的沉寂。

王禎和小說的人物造型

佛斯特曾說：「小說是一種藝術作品，有其自身法則，與日常生活法則不同。小說人物的眞不眞，只能依照小說法則去衡量。」佛斯特將小說人物，分成扁平的和圓形的兩種。所謂扁平人物（Flat character）有時被稱爲性格（humorous）、類型（types）、或漫畫（caricatures）人物。扁平人物是小說最單純的形式。他們依循一個單純的理念或性質而被創造出來。眞正的扁平人物，往往可以一個句子描述殆盡。可是一個小說家如果僅僅選取兩三個扁平人物，聳人聽聞的渲染，而將人性更複雜的層面刪棄，有時結局就顯得彆扭，且令人厭煩。小說家爲避免扁平人物的單調如一，於是另闢蹊徑給人新奇，讓人心服，便不再以刻板枯燥的方式，而使字裏行間流露活潑生命的圓形人物（Round character）出場。圓形人物不像扁平人物只能以製造笑料，發揮最大的功效。圓形人物卻能在某時間內表現小說的悲劇性。小說家當然可以單獨處理扁平或圓形人物。但偉大的小說家往往將兩者混合，彼此相輔相成，達成水乳交融，整體和諧的完美境界。

王禎和的小說，大都以花蓮爲背景，處理那個地方的小人物，寫盡這些小人物生命裏的困境，不管是個人的性格或是環境、命運所造成的痛苦、屈辱，這些小人物只是默默地忍受打擊。王禎和筆下的小人物，坎坷的遭遇，不能全部咒詛是環境、命運的作弄，有時應是個人性格的殘缺所使然。像「那一年的冬天」的阿乞伯，「嫁粧一牛車」的萬發，「寂寞紅」的世昌，因環境、命運的作弄，使得這些小人物的觀點做法，無法與外界溝通，從而將那份不經修飾而最原始的感情流露。他們愈想不對環境、命運低頭，愈讓別人發覺他們醜陋和滑稽的另一面。而有時王禎和雖將他們的醜陋和滑稽嘲弄一番，讀者卻沒有絲毫可笑的感覺，反而有滿懷難以忍受的心酸，從而流露出對這種小人物的憐憫和關切。而因個人性格殘缺使然，如「三春記」的區先生、「兩隻老虎」的阿蕭，這些小人物或因外形的猥瑣，或因內在的怪癖，從而與周遭的人物始終保持相當距離的隔膜而無法接近。這些小人物幾乎都是卑微而不完美的。可是有時他們似又不承認自己的卑微、不完美，企圖欲與周遭的人物一爭長短，而又奢望贏得別人對他們的青睞。易卜生說過「人必須活下去，而這使他變得自私。」其實這種「自私」有時雖值得憐憫，有時卻讓人覺得可笑。可是當我們捫心自問冷靜分析周圍人物或是自己時，王禎和小說的小人物則是栩栩如生。

王禎和小說的小人物，也並非沒有企盼飛黃騰達、榮華富貴，而因環境命運的作弄、性格的殘缺迫使他們暫時只圖三餐溫飽，有個棲身處所。雖然有時他們也拼盡全力，不惜與現實環境作困獸式掙扎一番。而當受盡現實的打擊，筋疲力竭又不得不放棄個人的自尊，或個人原有的理想，而與四周的環境、人物妥協。

王禎和晚期的小說也不再停留在那些小人物，在「小林來臺北」，他的筆鋒一轉，對「留學生模樣」的嘴臉無情的揶揄。那個留學生身材頂矮小，五官似有還無的模糊，一張小臉就僅讓人覺得有一付近視眼鏡和唇上那撇稀朗的貓鬚，而對自己國家的一切，又帶著輕蔑不屑。嫌家裏髒亂沒有衞生，竟然認爲自己的父親的德性、脾氣窩窩囊囊，做事、講話、走路的模樣完全是小市民，他都看不順眼。而又阿諛舊金山是人間的天堂，認爲舊金山一年四季都是春天，於是他說：

「哼，我還是趕快回我的美國算啦！」

而王禎和對小說人物的命名，有時也是帶有嘲弄揶揄的態度。比方說：「鬼、北風、人」的貴福，寄人籬下，既不貴又沒福。「快樂的人」的含笑，不過是個男人玩弄的姘婦，表面的快樂恐怕無法掩飾內心的苦笑。「來春姨悲秋」的來春姨她的境遇好似永遠在蕭瑟的秋天，讓人有遲暮的感覺，因爲春天始終沒有來到。「嫁粧一牛車」的萬發生活拮据，根本就沒有飛黃騰達。他的妻子阿好，根本一無好處。和她有染的姓簡，更是有諧音的玩笑，因爲臺語「奸、姦、簡」同音。「五月十三節」的羅東海，並沒有福如東海，而臺語「弄——咚——嗨」的俗話又是罵人遊魂無所。「寂寞紅」的世昌和他的弟弟貴福（又見「鬼、北風、人」）不說有幾世其昌，偏偏又有個潑辣橫蠻的媳婦，而母親來春姨（又見「來春姨悲秋」）一年到底看戲，賭紙牌，有錢無錢日夜開酒席，打桌圍，終將祖業化罄。「三春記」的阿嬌，連續跟三個男人——阿源、高瘦子、區先生締結終身大事，而她根本就沒有女性的嬌柔。

王禎和晚期的小說卻又以諧音將人物謔戲一番。「兩隻老虎」的大不同皮鞋號老闆姓蕭，不稱爲蕭老闆，喚他老闆，總感到彆扭，只管他叫阿蕭。而臺語肖仔意爲瘋子，阿蕭竟變成阿肖仔。「小林來臺北」是王禎和小說中出場人物最多，作風雖未改變，但筆鋒轉向開始嘲弄較高階層的衆生相，小林是鄉村小民，在航空公司當工友，他總把主任PP曾聽成屁屁眞，把南施聽成臺語罵人懶惰的爛屍，將多拉西聽成倒垃圾，將道格拉斯聽成倒過來拉屎，將專司長程訂位的T・P・顧聽成踢屁股，又將經理K・C・任聽成臺語氣死人。

有人曾經問王禎和爲什麼他的小說一向以小人物當題材？王禎和謙稱因爲自己也是個小人物。故事中的小人物是那麼親切，那麼熟悉。換句話說，他們的快樂、辛酸的感受也就是王禎和的快樂、辛酸的感受。這些小人物也就是王禎和的親友鄉鄰的寫照。這些小人物就活在他的周圍，他的身邊，和他呼吸一樣的空氣，和他過著相同的生活。王禎和認爲不寫小說便罷，要寫就不應該不寫他們，更直截了當地說王禎和也是他們的一份子。

王禎和也坦承他的小說取材小人物，不是刻意要陳義些什麼。他只是深深感覺生活在他的周圍的某些小人物深深地吸引了他，總讓他覺得被這些小人物感動，衝擊他的內心，因此他就找尋小說形式表達出來。既然寫的是身邊所熟悉的人物題材，寫出來的東西難免有比較濃厚的地方色彩。可是如果說他的作品是屬於「鄉土文學」，王禎和不但不同意，他且認爲「鄉土文學」這個名詞不妥當。「鄉土文學」這個名詞當初是因爲海外遊子懷念本鄉本土而創用。至於像王禎和，他只是想到寫他熟悉的人物，並非刻意爲「鄉土文學」而創作。

有人認爲王禎和小說的風格是建立在他的語言上。王禎和小說有獨特的語言是無庸置疑的。但是如果說他的小說風格只是語言建立的，這種論調顯然也有失偏頗。王禎和目前刻不容緩要突破的是他的使用方言。王禎和喜歡在他的小說後面附加或多或少對方言解釋的文字，這種方式不管對小說了解有多少效果，方言畢竟是有其限度的。超過某種限度，對於某些不諳特殊方言的讀者，恐怕立刻要產生傳達的困難。但是比起那些使用粗糙方言的作家，王禎和小說在方言的使用顯有「刻意杜造、蓄意錘鍊」的成就（姚一葦教授語）。他利用中國文字所具有特殊的外形和含意，刻意精確的表達，讓讀者有特殊的感受。雖說王禎和有意建立個人獨立的句法和語詞，但是有時卻又形成「矯揉造作」的弊病。（亦姚一葦教授語）

王禎和對於張愛玲的「意識流」處理和亨利詹姆斯（Henry James）的句法和小說觀點有濃厚的興趣。在「嫁粧一牛車」的扉頁，便題著亨利詹姆斯的名句：

「生命裏總也有甚至修伯特都會無聲以對底時候。」

王禎和出身臺大外文系，對西洋小說大師的經典鉅著，相信都耳熟能詳。但是他的小說絲毫就沒受他們的「存在主義」的陳腔濫調，或詰屈聱牙的「歐化」語法的影響。他的人物題材，完全是取自本土。寫作嚴謹而又不譁衆取寵的態度，奠定他的今日地位。翻開王禎和在「嫁粧一牛車」後記的自剖，他幾乎都是經整年的構思才完成一篇作品。對於自己不滿意或是別人對他的小說善意的諍言，他都坦誠而眞摯的接受，有時且尊重對方而修改小說的若干情節。像「鬼、北風、人」最後鬼魂出現的場面，張愛玲持有異議，她認爲「鬼、北風、人」既是篇寫實的作品，用超現實的物件，顯然有待商榷。王禎和後來就將後面的鬼魂場面刪除。還有「兩隻老虎」原發表在幼獅文藝，四年後他重新閱讀，發覺結尾不夠俐落有力，而且顯得曖昧。爲使「兩隻老虎」更接近傳奇和民間傳說的形式，他又將結尾部份改寫。

比起目前文壇活躍的作家，王禎和獨特的嘲弄表現手法，毫無疑問是首屈一指的。一般所謂嘲弄有兩個層次，使用的語言和表達的意義相反，事件發展的結果和所期待的相反。王禎和將現實那些最渺小、最被忽視的人物，他們最卑下，最不爲他人所關心的生活，呈現在讀者面前。讓讀者看見他們無可奈何的生活悲劇，因而引發讀者的同情和憐憫。而王禎和有時又將這種悲劇，以喜劇的形式手法表達。從這些小人物的意志、境遇的行爲發展，與環境、命運的衝突，結果與預期的理想背道而馳，形成強烈的對比，從而顯露人的尊嚴、努力，在那巨大無比的環境、命運的洪流，顯得是何其的渺小，何其的脆弱。而有些功力、技巧尚未臻成熟的作家，面對這種情節，有時難免羼雜夾加個人的感情，造成小說敍事觀點無法彌補的破綻、敗筆。王禎和卻知道如何廻避這種暗礁。他懂得如何選擇、如何取捨，而刻意安排，將人生那些無可奈何的情境，從極度冷漠的嘲弄而更深入另一層沉痛而悲愁的感情，這正是王禎和的慧黠和超人一等的地方。

六十七年四月「幼獅文藝」二九二期

試評陳映真的「第一件差事」

「第一件差事」是陳映眞封筆十年前的作品。在臺灣當代的短篇小說，陳映眞的「第一件差事」與王禎和的「嫁粧一牛車」、黃春明的「看海的日子」曾贏取無數讀者有口皆碑的激賞，更奠定他們在文學史的地位。陳映眞也曾以許南村爲筆名自剖他的作品，可以明顯分爲兩個時期——從一九五九年到一九六五年是一個時期，從一九六五年到一九六八年暫時封筆前，又是另一個時期。前期的作品顯得憂悒、感傷、蒼白、苦悶。這種慘綠的色調，無非是因爲挫折、敗北、困辱所造成的沮喪、悲憤、徬徨，甚至於自憐自傷的情緒。而後期的作品，現實主義和嘲諷的筆調漸漸取代前期那種脆弱、蒼白而又過份誇大的不健康的感傷，又漸漸以冷靜、理智、客觀而深入地去面對、解析他周遭所處世界的事物。拋棄前期陰柔纖細的風貌，而促使他的作品意識逐漸鮮明，境界才逐漸遼濶。一般作家最忌諱解說自己的作品，因爲作家確信作品便是最好的說明。但是毫無疑問作家自剖本身的作品，可信度應該是最高的。

「第一件差事」雖然贏取無數讀者有口皆碑的激賞，並奠定陳映眞在文學史的地位，可是比起王禎和的「嫁粧一牛車」、黃春明的「看海的日子」，評介「第一件差事」的專著論文幾乎等於零。當然站在藝術的立場，其人誠然誤墮歧途，但是他的作品卻沒有政治意味，且又曾受到政府的寬恕（引自「中國現代文學大系」）。筆者曾以陳映眞的「唐倩的喜劇」和七等生的「期待白馬而顯現唐倩」爲例，草成「一則故事，兩種寫法」（刊載於「中外文學」八十一期）。今再不揣譾陋，擬就「第一件差事」剖析一二，對初次閱讀陳映眞作品的讀者，或許不無參考價值。

「第一件差事」的佈局，只是依照普通的傳說方式進行，有完整的開始、中間、和結束。開始是杜姓警員偕其新婚妻子投宿某小鎭佳賓旅社碰見一件自殺命案。中間利用佳賓旅社小老板劉瑞昌，體育老師儲亦龍，和神秘女郎林碧珍三人的口供，獲知他們和死者胡心保關係的來龍去脈。結束是杜姓警員根據這三人的口供替命案作結論：「一種厭世的自殺事件。」開始，結束都是採取直接的敍述，中間則利用間接的呈現。沒有特殊意識流手法和懸宕的技巧，而能將普通而又平凡的故事處理得引起讀者的共鳴，這就是小說家的藝術和一般粗俗說故事者的區別。

「第一件差事」對主要人物胡心保、劉瑞昌、儲亦龍、和林碧珍的顯明刻劃，形成強烈的對比。劉瑞昌是一個不圖飛黃騰達，好死不如賴活，只圖三餐溫飽的低下市儈的典型。而林碧珍卻代表高尙家庭出身，而失去溫暖的照顧，從而自暴自棄，最後轉向報復心理的典型。兩種不同階層的典型形成對比。而胡心保與儲亦龍又形成強烈的對比。一個是貪戀過去，而不敢面對現實。一個是認爲路如果走絕的話，就要認命。

死者胡心保自殺動機讓人困惑。因爲依照普通的常理推斷，自殺的原因不外是物質的匱乏或是精神的空虛。「爲事業，爲愛情，爲金錢，總得有一樣。」可是根據命案關係人——劉瑞昌、儲亦龍、林碧珍三人的口供，死者胡心保既有漂亮的妻子。（「什麼事想不開。那麼好看的老婆。」）又有鍾愛的女兒（「他常把小華華舉得高高的，大聲的笑着，兩棟公寓的人都能聽見他。」）又有很好的職業（他說：「我於今也小有地位。」）他又是一條很好的漢子，根據命案現場，胡心保有偉岸的身體，「一點兒也沒有饑餓、敗落、憔悴的意思形貌的。」、「大概是生活寬裕的緣故，才三十出頭，便在他的乳黃色的肚皮下面積蓄了一層沉甸甸的脂肪。」如果依照常理推斷他不會自戕。可是家庭、職業、身體只是他外表的尊榮，胡心保內心的感受是「儘管妻兒的笑聲盈耳，我的心卻肅靜得很，只聽見過去的人和事物，在裏邊兒嘩嘩地流着。」如果說厭世一定有什麼原因，這就是胡心保所以厭世的所在。因爲他背負過去的包袱——顯赫的家世和不幸的婚姻。而家世、婚姻對胡心保而言，顯然都彷彿黑夜放煙火。他只是一味沉湎於過去，而不敢面對目前的現實。想起他家以前開的錢莊「早上從前門進他家，等到你從後門摸出來，太陽已經落了」。想起「小時候——曾經喜歡一個年紀相彷家裏廚娘的女兒——抱月兒，那小女娃眞漂亮」。就是促使胡心保娶面貌酷似抱月兒的妻子——許香。而根深蒂固的傳宗接代的沉重責任又壓得他透不過氣來。既要克紹箕裘，又要光宗耀祖，而胡家三代又單傳。他的父親臨終前在胡心保的腰帶爲他繫一串沉甸甸的金子和一條高級的蒙古氈子。可是正逢戰亂逃難，胡心保一邊趕路，一邊棄物。有一天晚上，胡心保就將那串黃澄澄的金子往河裏沉到河底去了。來到臺灣後，每天目睹有人病倒，有人死亡。於是將在廣州親戚送他的銀元，一半買香蕉喫，另外就是買球玩，沒日沒夜的打，也把這條命給打出了死亡。他拼命地打球，無非是藉此痲醉自己的神經，淡忘那些顯赫的過去。他和林碧珍不正常的來往，始終也只是一種欺瞞、矇騙的關係。他無非是盼望從林碧珍那裏找到快樂，尋出使他活着的理由。可是「想起過去的事，眞開心」的作祟。過去的夢魘，又如鬼魂般不時浮現、縈繞，使他既不快樂，又使他寞落。不快樂與寞落長期的腐蝕他的心坎，於是他一再發出「不曉得怎麼過來的，又怎麼過去的。」「一天過一天，我都過得心慌了」，「人爲什麼能一天天過，卻不曉得幹嗎活着」、「人活着眞絕」、「活着也未必比死了好過」等悲觀灰色的消極喟嘆，終於迫使他無法自拔而走向厭世的絕路。

「第一件差事」的儲亦龍就不像胡心保。他也有顯赫的過去。廿歲他就當鄉長，「出門的時候，騎着白馬，前後都跟着兵，前面一個班，後面一個班。」他也曾經參加上海跳舞比賽，獲得探戈組第一名。那時不知享受多少福，眞的要什麼有什麼。想不到風水流轉，他辛辛苦苦將三歲大的兒子帶出來，苦哈哈度過一段相當長久櫛風沐雨的苦難日子，他的兒子卻不幸被車子壓死。儲亦龍就不像胡心保，他沒有爲他死去的兒子淌過一滴淚水，他從不凌虐自己，他認爲「我們就像被剪除的樹枝，或者由於體內的水份未乾，或者因爲露水的緣故，也許還會若無其事地怒張着樹葉罷。然而北風一吹，太陽一照，終於都要枯萎的。」既是體育老師，心頭一有煩悶，就打起球，一上球場他把什麼都忘記。他能淡忘過去，只圖「三餐有得喫，睡有個舖兒」，他從不對自己有什麼過份的奢求。雖然儲亦龍回憶過去，心頭難免有無奈、惆悵，但是他抱着一個人如果路走絕的話，就要甘心，就要認命。如果路走絕還不甘心還不認命，還死心眼的話，那便是凌虐自己。因爲儲亦龍認爲「倘若一個人只是刻意地追索一件事，久了，他一定會瘋掉的。」凌虐自己的結果，便像胡心保一樣，無法自拔而走向厭世的絕路。

「第一件差事」陳映眞表達的主題還是一個普通知識份子爲人生而苦惱的厭世故事的抽樣。他語重心長的道出知識份子的悲劇。因爲知識份子背負的時代職責，任重而道遠。抱負理想本來就比一般升斗小民高。如果知識份子所遭遇的環境，能讓他們施展抱負，能讓他們實踐理想，自然毫無問題。否則一旦碰到環境突兀坎坷，知識份子的觸鬚又比一般升斗小民敏銳，往往偶遭挫折打擊，便自暴自棄，甚至淪於無法自拔的地步。萬一更不幸，知識份子本身還有顯赫的過去，他只是時時緬懷那些值得回味而又已經逝去的光榮往事，卻又無法覺醒那些逝去的光榮往事已經像「黑夜裏放的烟花，怎麼熱鬧終歸是一團漆黑」。而無情的時代巨輪又日夜如梭不停的交迭飛馳。如果眞到山窮水盡的窮途末路，知識份子實在必要設法去突破重重困難的藩籬，尋覓另外方式去適應四周的新環境，對新的問題提出新的見解新的看法。如果知識份子碰到環境的驟變而無法適應，無法突破，像胡心保的厭世輕生，固然不是知識份子應有的態度，可是像儲亦龍抱着「三餐有得喫，睡有個舖兒」的勉強苟延殘喘偸生，畢竟也不是知識份子的本色。

「第一件差事」雖說也算是一個死亡的故事，可是比起陳映眞早期的小說像「文書」、「鄉村的教師」同類死亡的故事，他漸漸揚棄蒼白苦悶的筆調，呈現明快嘲諷的色彩。

「第一件差事」或許不能算是陳映眞最佳的短篇小說，但是與他同期的作家像王禎和、黃春明、白先勇等比較，陳映眞雖不能說是一個偉大的作家（因爲他還沒有發表過長篇小說，有人說：「衡量一個作家的作品，最主要的資料，當然是長篇。」）但說他是重要的作家，畢竟是可以肯定的。有人曾經檢視他封筆前的小說，不過僅僅廿短篇。但是論六十年代重要的 Lntellectual 話題，卻全部包羅無遺。劉紹銘教授認爲陳映眞的小說「熱情擁抱多於冷酷分析。」的風格與白先勇恰成強烈的對比。但是他卻推崇陳映眞是眞情流露、充滿愛心的作家。平心而論，陳映眞封筆前的小說個人感傷氣氛過分濃厚，刻劃人性顯得偏頗，而沒有洞澈基本的人性。因爲眞正的藝術品是從基本的人性出發。但是他的小說技巧與內容兼顧，文字具有高度感染力，取材又相當獨特，對某些時代問題又特殊敏感，往往將自己投入的風格，卻不是同期作家能夠企及的。

「第一件差事」陳映眞固然贏取無數讀者有口皆碑的激賞，奠定陳映眞在文學史的地位。但無庸諱言，顯然也有一個小小的瑕疵。記得劉紹銘教授也曾經批評陳映眞在處理短篇小說「將軍族」的結尾，讓兩個飽經挫折和凌辱的卑屈角色——三角臉和瘦丫頭兒，演出殉情的鬧劇，顯然是一大敗筆，他的指責顯然是說陳映眞破壞故事完整性。同樣的瑕疵，陳映眞處理「第一件差事」的結束，顯然也讓讀者突兀、驚愕。因爲好的故事的結束，應該是開始的自然結果。陳映眞在「第一件差事」的最後「這是一種厭世的自殺事件，只不過是這樣。但在這一件事底背後，隱藏着多少國難深重的悲慘事實」的結案報告後面，接着引一段他記不清在什麼書讀過，關於和平的眞諦長達四百餘言，接着又引尉敎官訓誡杜姓警員現代的安全官員應有的修養，最後卻又以「燈光下伊的穿着褻衣的睡態是十分撩人的。……我的心遂充滿着一種至大的歡喜，至於心爲之悸悸起來，於是我關了燈。……」作結束，和陳映眞同期作品「唐倩的喜劇」、「六月裏的玫瑰花」的結尾比較，「第一件差事」的說敎意味顯然過份濃郁，這是小說家最忌諱的方式。而且這種結尾方式顯然也與「第一件差事」前面的文字既不倫又不平衡、對稱。雖說像「第一件差事」這種結構單調，情節沒有波瀾跌宕的起伏，必須靠其他有力的條件去襯托，推波助瀾去加以渲染，雖說語言的和諧僅是風格的次要問題，但是風格是「人的思想的一種次序的安排與運轉的方式」。我們旣無意畫蛇添足，也無意越俎代庖爲陳映眞替「第一件事」提供比較合理的結尾，因爲他或許有不輕易被外人所了解的背景與因素，但是我們仍虔誠期待陳映眞在小說創作有塊奠定而穩固的磐石，塑造出經得起風吹雨打的人物。

七十年九月「台灣文藝」七十四期

姜貴、張愛玲、陳若曦小說的「反共意識」

反共文藝的創作，不比一般文藝創作可以完全依憑個人的想像。反共文藝的作家對共匪必要有最基本的了解和認識。坊間少數反共文藝創作淪落於「教條」、「口號」的窠臼，不是肇因於作家本身沒有身歷其境的體驗，便是取材侷限於道聽途說、茶餘飯後的閒聊資料，所以較難繪出毛共政權的殘暴眞相。

政府播遷來臺，早期的反共文藝作家幾乎都曾目睹共匪慘絕人寰的暴行，有些更是身遭迫害的犧牲者，在不吐不快的心情下，自然將那種活生生的經驗形諸筆墨。他們的創作技巧或許不強，寫作造詣或許不高。但是卻不能一筆抹煞他們將社會背景、人物和時空充分把握而運用故事處理的成就。他們的作品能跳出反共八股的老套公式，贏得很多讀者的共鳴。

姜貴、張愛玲的作品問世，反共文藝創作才樹立獨特的風格，姜貴的「旋風」、「重陽」和張愛玲的「秧歌」、「赤地之戀」是反共文藝的經典鉅著。姜貴目睹河山遭遇空前絕後的浩刼，以無比沉痛的心情寫「旋風」，冷靜分析共產黨在中國得逞的背景，而確信共產黨的末路又將似旋風般的煙消雲散。接着他又寫「重陽」，將那一時代特異的氣氛，憑親身經驗描繪出讓人重新的體會感受，張愛玲的「秧歌」，雖是表現人民在饑餓邊緣掙扎，而要求基本生存的悲局，更重要的一面是呈現人類的尊嚴。換句話說，「秧歌」是記錄人的身體和靈魂遭遇暴政摧殘折磨的文字。張愛玲捨棄她一向擅長而慣用精緻景象的筆調，而採用自然主義客觀的寫法，將中國農民受苦受難的眞相，依據她熟悉的社會背景、人物和時空的概念，塑造一幅夢魘式的圖畫。「赤地之戀」臺灣未見翻版，細節不詳。夏志清教授的「評秧歌」曾概略分析「赤地之戀」成績不如「秧歌」的原因，是張愛玲未能避免想寫「大小說」的誘惑。從「土改」、「三反」描寫到韓戰，結果偏重記錄「大事」而忽略故事，情節僅成陪襯。更有人懷疑韓戰部份的文字是借助於資料。高陽先生曾說：『論技巧，張愛玲的「赤地之戀」和「秧歌」，或許勝過「旋風」；論深度，亦可相侔，但是論廣度，論氣魄，兩書似乎都不及「旋風」。』應是不容置疑的定論。

而被人喻爲「一把血肉凝鍊的匕首」的陳若曦，早期的小說，並沒有脫離強調個別的悲劇不幸，和對古老社會下層人物的關懷和同情的模式。而當她飛蛾撲火，轉向「回歸」，七年的「洗禮」，冷卻她想爲「祖國」服務的熱忱，洞悉共匪的禍國殃民的本來面目，便以她細膩而深切，樸實而冷靜的手法，描寫恐怖而眞實，扣人心弦的「尹縣長」一系列小說，企圖呈現整個中共社會的荒謬。讀者都耳熟能詳的「尹縣長」一系列小說，能掀起學術界閱讀和批評的高潮，並不在她使用的第一手資料，因爲文革後逃出鐵幕的作家，而將經驗以文字處理的，陳若曦絕不是第一人。劉紹銘認爲應歸功於她把「政治性的作品提昇成爲一種藝術」，且認爲夠資格稱爲「索忍尼辛式的文學」。

如果陳若曦僅憑個人的經驗和想像，而沒有深厚處理小說的藝術素養，也許「尹縣長」一系列小說的效果不會如此動人。而她的早期小說對人物素描的基本訓練，更奠石「尹縣長」一系列小說數位形象突出讓人過目不忘的人物。而陳若曦除洗鍊文筆、敏銳觀察外，最難得的是她對故事、情節的了解後，具有一顆「同情」的心，如果作家祇是一味強調個人對外界的反應，而不灌注「同情」，那麼他的作品便缺乏偉大小說的條件。而陳若曦的寫作技巧雖然和張愛玲大異其趣，但是她們卻又能抱着了解同情的態度，從不直截了當對共產主義的理論加以鞭屍般的批判。她們筆下的共產黨人物，也不像一般想像般的可怖。讓讀者不會有虛假造作的不眞實的感覺。她們的作品不但脫離早期反共文藝創作「敎條」、「口號」的吶喊，而主題、佈局、取材、文字表現也不再像姜貴那般陳舊，那般平淡白描，難怪讀者要刮目相待。

不管早期的反共文藝作家，也不管姜貴、張愛玲、陳若曦作品的藝術成就如何，他（她）們能不顧影自憐，而將目睹事件後眞實的感受振筆直書，本就應贏得讀者的喝采激賞。而他（她）們「史詩」般的文字，將爲未來的社會作證。描寫時代動亂，悲歡離合的故事，我們不是沒有長篇的作品，只是一般作家爲兒女私情所困，一味舖張渲染淒麗的愛情挿曲，卻忽略那「史詩」般的主題情節，這種避重就輕的態度，不知扼殺多少創作「史詩」作品的種子。縱然現實咄咄逼人，有時爲遷就稿費，難免會鬻文爲生而寫「應市」的作品。我們還是虔誠地寄語描繪共匪迫害人類的文藝作家，創作有個人看法見解，嘔心瀝血的作品，滋潤我們荒蕪的園地。

六十六年五月二十三日「華副」

作者的影子

——讀七等生的「削瘦的靈魂」

有人曾武斷說，幾乎所有的文學作品，都可以捕捉到作者本人的影子。換句話說，就是作者把自己當作模特兒。但是這種作品，表達成功的例子並不多見。因爲作者也和普通人一樣，要了解自己並非易事，何況縱然了解自己的缺點，要全部表露無遺，那除了勇氣決心外，還要有對藝術的眞誠。而作者一旦要描繪自己，普通不外採取兩種方式，一種是誇大自己如何如何的完美；一種是運用冷嘲熱諷的筆調，把自己批評得體無完膚。但是兩者都不夠眞實。

七等生的新作「削瘦的靈魂」，便是自剖式的作品，顯然也淪患那種「誇大自己如何如何的完美」的嚴重弊病。七等生，本名劉武雄，是一個我行我素的作家，他很少去關注批評家對他的褒貶。祇要不是歪解得太離譜，縱然對他有不解或誤解，他也是始終保持冷漠。他認爲作品就是最好的證明和答覆。手頭就有他的「僵局」、「我愛黑眼珠」、「巨蟹集」、「放生鼠」、「離城記」、「來到小鎮的亞玆別」、「沙河悲歌」和「隱遁者」。除「沙河悲歌」或多或少有影射自己外，他作品的風格都大同小異。而他的題材，和表達方式，跟時下一般作家又大異其趣。褒者譽爲中國的「卡夫卡」，而貶者又損爲「小兒痲痺的文體」、「連中文寫作能力都有問題的作家」。

七等生在「削瘦的靈魂」引朗介納斯說的話：「只有藝術才能告訴我們，有一些表達方式完全是屬於自然的。」當爲序言。「自然」也許就是七等生一再強調的「文句節奏的特徵，完全可以代表作家作品的生命。」但是「削瘦的靈魂」的七等生，並不是那麼一回事。如果七等生能夠保持過去作品的水準風格，相信這部自剖式的作品，會讓人有耳目一新的異樣感覺。可惜他因憤怒而沉不住氣，使得「削瘦的靈魂」的畫面，沒有以往的潔淨，而近乎齷齪。七等生似乎永遠不會忘懷人家誇獎他的一句話：「武雄，你很有性格。」於是他一而再、再而三的重複自己如何擁有藝術家的氣質，如何不見容於「庸俗」的社會，而苛責他的老師、學校、社會和羣衆，有些汚辱謾罵又都是意氣的「人身攻擊」。七等生不深思「一個教師有權教他認爲最有價值的東西給他的學生」，反而認爲現行的教育制度都是不合理，且肯定是妨礙一個藝術家成長的絆脚石。殊不知各種教育制度都有其本質和功能，就像師範教育，就有培養健全優秀的師資的本質和功能。七等生不從大處着眼，而專就一些細節挑剔、渲染，使得整部「削瘦的靈魂」幾乎都是夫子自道的文字。七等生難道不知道，一個人如果離開老師、學校、社會和羣衆，豈不就變成「隱遁者」魯道夫那種角色？一個人除非孤芳自賞，閉封在自己編織的象牙塔，否則魯道夫那種人物是不存在的。

七等生既說「沉默代表一種最廣度的諒解。」也希望「所有人間的美名和權益都分給人們，只留下給我平靜。」爲什麼又不憚其煩，絮絮不休訴說那些無謂的牢騷，而踐踏他的才華呢？

「書評書目」四十五期

譁衆取寵

——讀「浪子」

「譁衆取寵」固是作家成名的終南捷徑，卻不值取法。像姑隱、何索之流，信筆揮灑，數千言的文章，一篇接一篇在報章雜誌披露。有時一年竟然有三、四本「著作」問世。細心的讀者不難發現這種文字，不管是抒情，抑是議論，輕佻低俗，空洞無味，若非暴露聳人聽聞的社會衆生相，便是作者一味顧影自憐，將自身周遭的瑣事，精織細繡。方式雖異，目的則一。不外是引發讀者一時的快感，而獲得暴名鉅利。

一向以嚴謹態度撰述英文論著的劉紹銘教授，最近卻以「二殘」、「殘二」的筆名，接二連三的發表「二殘遊記」、「浪子」。有人批評他寫作「二殘遊記」的態度漫不經心，文字又紊亂無章。筆者譾陋，吐露個人對「浪子」的心聲，無非是狗尾續貂。

「浪子」既無前言，也無後記。介紹全書的梗概文字也付諸闕如。「浪子」也沒有像「二殘遊記」章回小說的篇目，千篇一律斷斷續續的以「浪子」爲篇名，刊載於聯副。故事的梗概是說

「浪子」的袁思古離家出走，又因爲他認爲梭爾・貝羅（Saul Bellow 去年諾貝爾文學獎得主）的小說「何索」（Herzog），那種憑著書信、記憶，和可以在腦海裏援筆直書的「心靈劄記」，旣可神遊古人，在精神上又能與外界保持接觸。另外這種不必筆諸文字，不但可以發洩自己的怨氣，以免積鬱成疾。更可避免盛怒，而操刀殺人。於是作者就不厭其煩一再將他離家後，暫時投靠老友陶天然、徐淑芳夫婦的餐館，夾敍夾議的冷嘲熱諷。對象有自己的頂頭上司，有同一膚色，又對自己民族刁難苛薄的醜陋嘴臉。有暴露按摩世界的黑暗面，也有調侃挖苦附庸風雅的淑女君子。雖說這類事件，並不妨害寫「偉大小說」的條件，可惜，作者似又無意挖掘這類事件嚴肅的一面，而只塗些淺嘗輒止，掠風捕影的畫面，讓讀者有「意猶未盡」、「入寶山而空回」的感覺。

其實作者若有心要寫美國學術界的內幕，似不妨著墨於留學生的滄桑血淚。旣要強調旅居異域的婚姻困境，何妨鞭辟入裏的診斷其癥結。一味敷陳侍者打雜，何不創造幾個斬荊除棘的「鉅子」意象。否則老是強調身邊的種種瑣事，縱然作者的文字繽紛雜陳，維肖維妙，終徒是「滿紙荒唐言」。其次，在臺灣讀者，截至目前尙無緣接觸三十年代的作品。在「浪子」的尾聲，作者曾引敍吳組緗的中篇「樊家舖」的故事結尾「做太太的爲了營救坐牢的丈夫心切，竟動手去偸母親纏在頸上的錢。母親醒來時發覺，兩人掙扎，女兒竟狠起心來，用燭臺把母親打死。」認爲可怕誇張，且故事的進展也顯牽強不合理。接著作者再申論原來「樊家舖」故事的人與人關係，不是以人情和倫理做界限的，而是只有階級的分別，可謂一針見血。就像欣賞較有藝術深度的電影，有時小說亦難免有若干情節的安排，讓讀者百思不解。當然也不必如有些電影「畫蛇添足」在影片結束前加些「解說」的文字。但是有時對情節鈎玄提要的方式，讓讀者縈思，進而窺測作者的藝術表現手法，應是無可厚非。在不牽涉政治或有影射某人某事的前提。作者不妨依照「樊家舖」的解說方式，有系統的將三十年代的作品去蕪存菁的介紹評論，讀者或有「不能窺其全豹」的缺憾，但至少可彌補對三十年代作品的空白。

當然，我們也不否認這種「娛樂」的遊記，亦可能具備高度的藝術性。就像劉鶚（鐵雲）的「老殘遊記」就有其存在不朽的價值。「老殘遊記」表面雖是老殘個人的遊記，卻有其嚴肅的一面。他一面暴露當日那些貪官酷吏如何謀財害命。老殘當然就是劉鶚自己。他雖自謂「棋局將殘，吾人將老」，卻又能拋棄個人對身世的感傷，而濃濃著墨於對國家社會的感觸和關切。有人曾批評「老殘遊記」因爲是一般遊記的記事體，自然不能去苛求有嚴謹的結構。但又不否認「老殘遊記」文字的清潔簡鍊，在描寫人物個性山光水色時，能一掃陳腔濫調，獨出心裁的成就。

當然，我們也不抹煞劉紹銘教授行文的「恣意酣暢」，況且這種文體也實在最具備有表現作者個人的獨特風格。但是劉教授亦曾自謂「二殘遊記」本來打算寫一回就歇手，想不到「二殘遊記」第一集（一—七回）後，接著「浪子」，又接著「二殘遊記」第二集（八—十四回），據作者估計要等到二十回才能結束。雖然劉教授也明知他的這種故事，「人隨物化，事過境遷」，但是對讀者的錯愛和編輯的催促，又盛情難卻。於是順應實際需要，劉教授顯然變成讀者、編者間的犧牲品。

劉教授評論七等生、陳映眞小說的獨特剴切見解是有目共睹的。他的英文論著「How much Truth Can a Blade of Grass Carry?」（一莖草能負載多少眞理?）「The Concepts of Time and Reality in Modern Fiction」（現代中國小說之時間與現實觀念）的譯文相續披露於文壇，姑且不論劉教授涉獵的淵博、態度的專精。他對臺灣文壇的關心，就值得贏取讀者的激賞心服。抱著「愛之深、責之切」的沉重心情，我們願寄語劉教授，何妨捨棄那些個人印象式的遊記，而專注於臺灣文壇的評論文字，（割捨是多難的一件事，哥德最成功的地方就是知道如何割捨。）那對已夠貧瘠的臺灣文壇這塊土地，未始不是促進生長的肥料。

漏網之魚

——「中國現代文學選集」小說作者商榷

主編「選集」就像翻譯，是一件喫力又不討好的工作，也可說是一件沒有人感謝的工作。也許是現實社會生活咄咄逼人，一般讀者實在沒有閒工夫，慢慢去閱讀卷帙浩繁的小說、散文，於是坊間「選集」應運而生，且又有氾濫的傾向。可是細心的讀者，不難發現一般「選集」的編者態度不是主觀，便是草率，而介紹的文字又過分艱奧、晦澀，一般讀者難免會廢書興歎。筆者不佞，一向對中國現代小說雖稍有涉獵，卻又捕風追影，毫無心得，蒭蕘之見，願求正於方家君子。

有關「中國現代文學選集」短篇小說作者的抉擇、選稿的得失，前賢評論頗多，筆者不妄置喙，可闕而不論。僅願替幾個落榜的作家叫屈，吐露一二心聲。

齊邦媛在「中國現代文學選集」前言，聲明選稿的方針有二項，㈠二十五年來出版適於文化交流的作品。㈡原作以受西方作品影響和採用西方的語彙越少越合適，過度消極和頹喪，因為不是臺灣多年來奮鬪的主調，也一再割裂。姑且不論「中國現代文學選集」的作者作品是否達到選稿的二項要求。但是不可諱言的，有幾個作者，他們的作品，既不消極頽喪，少有西方語彙，且又適合於文化交流，卻榜上無名而變成「漏網之魚」。

既然「中國現代文學選集」有黃春明的「兒子的大玩偶」，那麼王禎和的「嫁粧一牛車」就不應輕易割棄。雖說「嫁粧一牛車」有繁複的方言語句，頗不易翻譯。但是王禎和在處理本省那種貧窮落後而又無可奈何的婚姻，刻劃顯明突出。劉紹銘教授更讚譽「嫁粧一牛車」的成就在於「將近代臺灣身分卑微，可是爲維護個人尊嚴力爭上游，卻又面臨失敗的人物，塑造一個令人難忘的故事。」

既然「中國現代文學選集」有王文興、白先勇的作品，就不應忽視張系國、陳若曦早期的作品。陳若曦的「最後夜戲」曾被收入劉紹銘教授主編的「本地作家小說選集」，強調「最後夜戲」是她的作品中「最接近臺灣生活的一篇」。而早在十年前，鍾肇政主編「本省籍作家作品選集」也認爲她的作品「都以本省風土人情爲主。……她的文體冷酷而乾燥，富於客觀性，描寫人物的心理狀態，尤其具有深度。」而張系國的小說，也許受西方文學浸潤較濃，也許題材也較爲消極頽喪。可是他的短篇小說「地」卻是道道地地的一個異數。楊牧就曾讚譽張系國對臺灣有熾熱的愛心，對土地又有深刻的認同。更激賞他的文字筆意明快，結構佈局完整。

另外七等生的短篇小說，雖然不守章法，有些句子又飄忽不易捉摸，而人物又是怪誕，有人說他的文體好像患小兒痲痺。但是七等生獨樹一幟的風格，卻又贏得「中國的卡夫卡」的美譽。他的「我愛黑眼珠」，一般「選集」都榜上有名。也許「我愛黑眼珠」的主題較爲曖昧，象徵意味又過濃，引起文評家或多或少的誤解，不適合「中國現代文學選集」選稿的兩項原則。但是他的「婚禮」（發表於早期純文學，後來收在他的「來到小鎭的亞玆別」），刻劃本省那種愚昧的婚姻故事，又相當深刻而寫實。「結婚」和七等生一向的短篇小說風格迥然不同，而和他的近作「沙河悲歌」卻又前後輝映。

另外說幾句題外話，「中國現代文學選集」，作者雖有提要鈎玄的介紹，文字卻又失於疏略。作品雖也有詳細的縷列，卻又沒有指陳其特色，或詳論其得失。而相片、畫像又全付諸闕如。讀者欲以一二短篇小說，窺測作者，可謂「以管窺天、以蠡測海」矣。

期待「長篇鉅著」

有人說：「衡量一個作家的作品，最主要的資料，『當然是長篇。」膾炙人口，歷久不衰的「戰爭與和平」，「安娜卡烈尼娜」，「卡拉馬助夫兄弟們」，「罪與罰」，論氣勢何其磅礴，論技巧又天衣無縫，而其字數少則數十萬，多則百萬不等。如果要作家以幾千言短文描繪刻劃「百花筒」般人生，恐怕托爾斯泰，杜斯托也夫斯基都要感到技窮。

那些「長篇鉅著」的時代畢竟已經過去。世界文壇的動向，姑且不論。就以我們目前文壇的沉寂，就不難窺其一二。從「紅樓夢」迄今，少則三百年，「長篇鉅著」我們可說是交白卷。就成就而論，姜貴的「旋風」、「重陽」，描寫共產黨的成長、崩潰和禍國映民的史實，似也不失爲成功的作品。張愛玲的「半生緣」，刻劃男女間那種無可奈何的婚姻命運，風格技巧又不能不說獨樹一格。可是如果就「長篇鉅著」的氣勢、境界標準來評估，「旋風」、「重陽」、「半生緣」都有難辭其咎的缺憾。等而下之，以渲染誇大枕頭肉慾，拳頭功夫爲能事，而暴得鉅利，浪獲虛名的「作家」，不管他們有幾部，或是幾十部的「長篇鉅著」，時間的潮流將無情的淘盡這種「作家」和他們的「作品」。

而回顧近幾年來，以短篇小說而飲譽文壇的作家，成就卻頗爲可觀。王禎和的「嫁粧一牛車」，陳映眞的「第一件差事」，黃春明的「看海的日子」，白先勇的「遊園驚夢」，無論情節，技巧，都是不能「等閒視之」的作品。可惜他們目前都尙未有「長篇鉅著」問世，成就尙難斷言。而有幾位頗有才情的短篇小說家，對於「長篇鉅著」的處理，卻又力不從心，左支右絀。就以施叔青來說，她的「拾掇那些日子」，「約伯的末裔」短篇小說集，處理死亡、性、瘋癲及一種神秘的超自然的力量的主題，頗爲獨特。而文字又頗富詩意，能讓讀者細心苦讀，咀嚼縈思。劉紹銘教授就特別激賞她的「背著自己的墓碑，在荒山中找埋葬自己的地方」。可是她寫的長篇「牛鈴聲響」，只是一個普通留學生的愛情故事，根本沒有跳出於梨華的窠臼。這種題材敍述的只是幾個人的痛苦和苦悶，不能代表中國人的苦悶，難以引起讀者的共鳴。另外她的近著「琉璃瓦」敍述的也只是一個令人傷感的歷史遺物流失的問題，似乎是「非小說」的報導文學。再以張系國來說，他的短篇小說：「地」，文壇給予的評價頗高。楊牧教授認爲張系國的作品，除了顯示出他對臺灣強烈的愛心，對土地深刻的認同以外，更歎服他文字筆意的明快，和結構佈局的完整。他的近著「香蕉船」短篇小說集中「遊子魂組曲」的一系列作品，描寫人的掙扎，故事情節的安排進展和舊作的面目完全兩樣，遣詞用字也大異其趣。可是他寫的長篇「棋王」，（就字數而論，只能算是中篇）雖然余光中、劉紹銘教授交互讚賞，認爲「棋王」節奏明快，筆鋒犀利，對話陡峭。可是憑心而論，「棋王」實在負載不起作者所要表達的主題。而且有些地方文字的處理也嫌草率，部分對話說理的文字又失於冗長累贅。施叔青、張系國的才華，我們無容置疑。處理短篇小說既然得心應手，而對長篇的表達，卻戞戞難入。從這種比較就不難了解寫作「長篇鉅著」所受的限制。作家的才華固應具備，而尤其要有廣博的見識和人生的深刻體驗。坊間雖有「長篇小說作法研究」，據說譯文拙劣。佛斯特（E. M. Forster, 1879-1970）的名著「小說面面觀」(*Aspects of the Novel*) 的中文譯者在序言中曾介紹路伯克（Percy Lubbuck）的長篇巨構「小說技巧論」(*The Craft of Fiction*)，可供作家參考，但願外文造詣深而且關心文壇的先進，早日將該書譯出，以嘉惠不諳外文的讀者。

白先勇從「臺北人」結集後，已經有四、五年沒有新作問世。據說他閉門謝客苦心孤詣在寫「長篇鉅著」，據說目前已經完成約廿萬言。他志在修改，逐字推敲，所以遲遲沒有發表。白先勇是中國近代短篇小說的奇才，如果他的「長篇鉅著」能夠保有以前表達短篇小說的水準，或更進一層樓超過以前的成就，這不但是他個人的無上榮幸，更可說為目前我們的文壇「長篇鉅著」的寥落，注了一針強心劑，且讓我們拭目以待。

「中外文學」五十六期

姜貴的心靈世界—「碧海青天夜夜心」

——兼論「旋風」、「重陽」的成就

姜貴的小說，粗略估計，總有廿部左右，幾乎全是長篇。膾炙人口的，當然要推「旋風」和「重陽」。姜貴爲出版這兩部小說，負債十餘載，爲清苦生活所迫，寫了許多遷就世俗的小說。可是他獨獨鍾愛長達八百四十頁的「碧海青天夜夜心」。他曾直言：「覺得是一本好書。」夏志清教授特別激賞「旋風」、「重陽」，認爲姜貴「諷刺手法特別高妙，有勝前人」。可是他卻認爲「碧海青天夜夜心」是部失敗的作品。他認爲可能是因爲寫作該書時，姜貴訟案纏身，不能殫精竭慮所促成。

以八年對日抗戰爲背景的小說，耳熟能詳的，少說也有十來部，其中如徐速的「星星月亮太陽」、王藍的「藍與黑」，都可算是長篇「鉅著」。可惜這些長篇「鉅著」的作者，都把身邊瑣事，兒女私情，不厭其煩濃濃著墨一番，而對於動亂大時代的國家、社會、民族的史實，卻輕輕一筆帶過或割棄，結果作品都是「顧影自憐」。姜貴則不然，他目睹破碎的山河，遭遇千古以來的浩刼，帶著沉痛惆悵悲哀的心情，寫下「旋風」，冷靜分析何以共產黨在中國會得勢，他並確信共產黨的末路必像旋風似地煙消雲散。緊接「旋風」，他又寫下「重陽」，姜貴在該書的序文如此說：「我的目的，只在重視那一時代的那一種特異的氣氛，給人重新感受，重新體會。」「旋風」、「重陽」都是分析共產黨的作品，姜貴認爲「旋風」偏重鄉村，而「重陽」偏重都市。

歷來認爲寫作有關共產黨的小說，都推張愛玲的「秧歌」、「赤地之戀」和姜貴的「旋風」、「重陽」。高陽說：『論技巧，張愛玲的「赤地之戀」和「秧歌」，或許勝過「旋風」。論深度亦可相侔。但是論廣度、論氣魄兩書似乎都不及「旋風」。』他還認爲「旋風」的前半部調子慢，後半部調子快。劉紹銘教授也認爲「重陽」前半部比後半部好，可是就全部而論，則「重陽」比「旋風」好。夏志清教授更讚譽「重陽」是一部了不起的著作。

姜貴爲自印「旋風」、「重陽」，結果無人理會，命運坎坷，負債累累。心灰意冷的絕境下，寫出許多「應制」的作品。雖然一般評論家都認爲「碧海青天夜夜心」不如「旋風」、「重陽」。高陽認爲「碧海青天夜夜心」有結束得太匆促的感覺。劉紹銘教授也認爲「碧海青天夜夜心」有爲兒女私情所累。可是姜貴卻認爲「碧海青天夜夜心」在某些大前提下，仍可作有限度的發揮。

寫長篇小說，必須有較廣的生活體驗，豐富而含蓄的感情。對於佈局結構、文字遣擇，必要有相當高度的駕馭能力，運筆才能自如。而短篇小說似乎較爲逞才。所以有人認爲要衡量一個作家的作品，最主要的資料，當然是長篇。姜貴躬逢中國遭遇空前未有的浩刼，在「旋風」中，他寫出中國共產黨何以會得勢，他著力描寫方鎭破落複雜的家庭關係。男主角方祥千覺得舊家庭的罪惡，認爲人與人的關係有重新調整的必要。於是，他不但自已秘密參加共產黨的活動，更勸他的侄兒方培蘭也加入他們的組織。並趁機告訴他共產黨的好處，誇大其辭強調蘇俄實施共產主義後，社會如何的富足康樂。結果方培蘭當爲「旋風縱隊司令」，方祥千也成爲這個縱隊的政委。而他們叔侄經過長期的革命鬬爭後，對共產黨有深刻進一步的了解。同時卻也有很大的失望，於是叔侄倆又暗中去反對共產黨。偏偏方祥千的兒子方天苡，求功心切，大義滅親，竟然向共產黨組織上級告了密，結果方祥千方培蘭叔侄倆被逮捕囚禁。方祥千才大夢初醒，認爲共產黨的將來也一定要像陣旋風，雖然暫時得勢蓬勃一時，終竟是曇花一現，變成歷史的陳跡。姜貴藉著方天苡諷刺方祥千的一段話「你老人家幹共產黨是離開現實的。你所憑的，只是一種理想，像修仙的人學著打坐辟穀一樣。爲了一種永遠不能實現的想像去吃苦，實在是沒有意義的。」來諷喻共產黨的下場，就像「旋風、旋風，他們不過是一陣旋風。」

在「重陽」中，姜貴刻意描寫革命先進的後代洪桐葉、洪金鈴兄妹，父親曾任民初南京臨時政府的軍部次長，不幸早亡，兄妹兩人都是母親洪大媽含辛茹苦一手帶大的。他的叔父雖然是鐵路局長，卻反對他繼續讀大學，而介紹他去一家法國洋行去學生意。洋行的主人是個販毒的軍火商，他的太太又是個滿口上帝的基督徒，姜貴利用洪桐葉喜歡替老板娘修脚的文字，來象徵當時一般中國人有甘願服侍洋人的無恥卑賤心理。本來，洪桐葉有機緣認識某敎授，介紹他去上海拜會國民黨的負責人錢本三，要脫離洋行，爲黨國効勞。但是洪桐葉不幸在早些日子認識了共產黨柳少樵。洪桐葉的母親有次患盲腸炎，沒錢送醫。柳少樵就暗託他的心腹彭汝學資助他一百元，並趁機誇張共產黨是如何關心貧困的百姓，一方面又買些淫書讓他看，去腐化他，終使他走上共產黨的路。「重陽」不但是寫洪柳兩家的恩怨故事，也描繪出當年汪精衞、陳獨秀主持成立的武漢政府，政權落在共產黨，社會秩序紛亂，許多處置的荒謬。姜貴將那些可笑可怕的事件，憑自己的親身經驗描繪下來，給後人深刻而眞切的印象。柳少樵除了玩弄洪桐葉，並姦汚他的妹妹金鈴和母親洪大媽。並告訴他一個人加入共產黨後，必須絕對服從上級，自己不能有獨立的人格。要洪桐葉將來領導別人也要用暴力，要用甜言蜜語，或是用一些未來的美夢來勾誘對方。但是永遠不要期待任何人，可以長期爲你作片面的犧牲。萬一偶然發生例外，要機智、迅速和果斷，一點猶疑不得，就剷除他，連根拔掉他。書末，洪桐葉也像「旋風」裏的方祥千、方培蘭叔侄一樣，對共產黨的失望，想跳出火坑。可是柳少樵就憑著他的「機智、迅速、果斷」，而把他結束了。

不管「旋風」，或是「重陽」，姜貴都是要呈現共產黨如何引誘他人入彀，而供其奴役驅使的醜陋面目。兩部小說都生動逼眞勾繪出中國當時分崩離析的社會。姜貴諷刺那些貪婪而好色的封建地主、舊式官僚，頑固份子，和寡廉鮮恥、出賣靈肉的娼妓，土匪、軍閥，和一些投機取巧，不學無術的新派人物，一些無依無靠、受盡苦難的小民百姓。高陽認爲「旋風」的格調大致還統一，很少有多餘的文字。文字都相當乾淨，老練生動。但是他認爲「旋風」亦有兩大缺點，結構不夠嚴密，節奏不夠統一，「前慢後緊」。夏志清教授也認爲「重陽」能正視現實的醜陋面和悲慘面。並能兼顧「諷刺」和「同情」的手法，而不落入「溫情主義」的俗套。可是他又認爲「重陽」有些場面篇幅佔得太多，使小說的結構鬆懈，算是敗筆。

最近美國羅體模（Timothy A. Ross）將姜貴的作品當爲博士論文研究。他歸納姜貴的作品有三個重點，反映中國傳統社會的實在情形，描寫醉心共產革命者的狂熱虔誠和分析這些革命者的得失和希望。他得到的結論，認爲姜貴小說的主題，反映出他曾爲二十世紀中國的一位藝術家和史學者的見解，強調共產主義在進步的人類歷史潮流裏是絕對落伍的，並堅信中國有持久的活力。

姜貴鍾愛長達八百四十餘頁的「碧海青天夜夜心」，是他的小說中最迷戀過去的。男主角耿自修本質是個稚氣未脫，爲了證驗自己是個男子漢大丈夫的年輕人。從小他就受意志堅強的母親所駕馭，而後又被比他還高，意志更堅強的妻子藍薇珍所左右支配。於是藉口離開家鄉上海，前往徐州棗莊煤礦公司當個辦事處主任，希望自己在那裏獨立自主。既有這種男性挫敗的心理，於是在一個偶然的機會，耿自修邂逅了女主角姚六華，是一個妓女。姚六華的溫柔雅順的氣質，正讓耿自修重拾在他的母親妻子那裏所失落的男性尊嚴，於是姚六華成爲他的情婦。而故事的安排更是奇特，耿自修的妻子藍薇珍顧慮自己的丈夫「感情豐富而不夠堅強，纏綿悱惻、優柔寡斷」，擔心他離家後乏人照顧，於是同意，或者更直接說她促成自己的丈夫和姚六華的結合。姚六華在耿自修的愛情滋潤，他又經常勸告她要儘量淡忘過去那段不幸的陰影，和恢復本有的自尊。而姚六華也有決心要擺脫自己那段不名譽的過去，進而獲得尊嚴和愛情的機會。可是那些齷齪的無形記憶，經常縈迴在她的腦海。而外界的不諒解，更將她那顆湧向聖潔的心撕裂摧殘。故事的結果，耿自修投入戰爭行列，當戰地記者，他走遍整個中國，因而獲得自尊、獲得自信。跟他同行的姚六華，在別人的眼中，她也默認自己是他的妻子。耿自修重傷一死，姚六華也擧槍自殺。

姜貴在後記說：『「碧海青天夜夜心」所寫的不過是一個不成功的婚姻故事，間以四角之愛，而以抗戰初期爲其時代背景。』他又說：『「碧海青天夜夜心」的人物和故事，大抵實有，而由作者給以必要的拼湊和移植。』和「旋風」、「重陽」相比，「碧海青天夜夜心」刻畫的故事，毋寧是較爲兒女私情的。文字筆法也較平舖直敍，缺少「旋風」、「重陽」那種獨特而濃厚的「諷喩」意味。而且「旋風」、「重陽」都是一味著墨於共產黨的如何得勢，如何不合時代潮流。而「碧海青天夜夜心」雖說是以抗戰初期爲時代背景，可是姜貴企圖要表達的無非是耿自修、藍薇珍、姚六華和聶雙雙四人那段不成功的婚姻故事。

姜貴說：「薇珍雖是正室，不該比丈夫高。姚六華側室，不該比正室高。傳統如此，違之不祥。」八百四十頁的「碧海青天夜夜心」藍薇珍出現的場面，寥寥可數，且敍述文字都輕輕帶過，而對於姚六華、聶雙雙，尤其是姚六華，都有誇張深刻的描繪，姜貴對人物的安排刻畫的匠心可見一斑。一般說來，在風月場所中生長的妓女，都是貪婪幼稚、寡廉鮮恥，如小琪妃、情樓。可是姜貴卻用同情的胸襟，企圖勾出聶雙雙在齷齪的環境裏，照樣能綻放出皎潔的花朵。耿自修初次碰到淪落風塵的聶雙雙，有點婉惜，奉承她說：

「你很漂亮，幹這個可惜了。」

聶雙雙有點忸怩不安，謙虛地說：

「再有一個月，我就自由了。」

「幹了幾年？」

「七年。」

「自由了以後，怎麼樣？」

「結婚。」

「同誰？」

「同我的未婚夫，從小訂婚的。」

「他幹什麼的？」

「在鄉下種田。」

原來，聶雙雙雖在風塵裏打滾，但是她知道丈夫是女人的歸宿，她憧憬美好的未來，於是私下有點積錢就偷偷寄給未來的公婆，代購田地。她也愛自己的未婚夫，決心要與他廝守、白頭偕老。可是環境卻又喜歡捉弄人的命運，結婚那一天，她的丈夫在洞房醉薰薰，一把抱住她，就親了個嘴，一邊就屈辱她：

「小賣×的，今天晚上輪到我打你的茶圍了。」

聶雙雙雖然羞愧屈辱，頓時手足無措，心想也許她的丈夫心裏高興，酒醉無心出語不當，既爲夫婦，就寬諒他。可是第二天拜見公婆，她卻發現公婆的臉上「從未有過的麻木，以往的客氣和關切忽然不見。」聶雙雙認爲公婆或許是鄙視她的那份不光榮的過去。她決心要以實際行動表現取得對方的諒解尊敬，於是不再吸煙，粗衣惡食，任勞任怨，操作粗細。可是有一天，她的婆婆卻在院子裏又大聲地呼：

「賣×的人呢？怎麼一早上不見她，她死到那裏去了。」

在公婆的讒言，冷嘲熱諷，丈夫的虐待毒打下，聶雙雙失去勇氣，她想自己胼手胝足，只願做一個農家婦，竟然也是奢望地做不到。每天，遭受丈夫無理的打駡，聶雙雙想是沒有辦法挽回，最後只好向丈夫攤牌。

「一家人不喜歡我，口口聲聲叫我賣×的，到底是什麼意思？」

「你沒有賣過，難道叫錯了。」

「賣是賣過，」聶雙雙實在氣悶不得，「但當時是爹媽的意思呀。那時候我小，又不是自願的。再說，這些家當，不都是我賺了來的嗎？」

「沒有人喜歡你兩個賣×錢，你知道人家當面叫我什麼？」

「啊，原來一家人有得喫了，又嫌我賣這賣那，名譽不好聽。」聶雙雙不免生氣，「眞也太沒良心了，既要喫屎，就不該嫌臭。」

結果她向丈夫提出離婚的建議，隻身一走，什麼也不帶，向別人借點路費，投到徐州耿自修處。她認爲耿自修是她七年賣笑生涯，所遇見最大方、又最知趣的客人。而這時，耿自修作繭自縛和姚六華已結段孽緣。雖然聶雙雙一片痴心，想委身於他，耿自修連忙表白清楚自己的處境。

「我不是你的歸宿。你要另找歸宿。」

「你不喜歡我？」

「也不是不喜歡。你想，我有兩個太太，已經多一個了。」

「我又不要做你的太太，我祇望做你的小太太。」

耿自修認爲聶雙雙的感情和想法實在需要，也只有他自己才能夠去開導指點她，讓她納入正軌。於是將聶雙雙介紹到達天明開設的醫院，一面醫治被她的丈夫虐待毒打成傷的肉體，一面讓達太太把耶穌介紹給她，讓她對人生有進一步較眞正的瞭解，更灌輸給她社會對一般改過自新的人，特別尊重，沒有歧視的觀念。從此在達太太循循善誘開導，聶雙雙慢慢走向一個恢復自信的新領域。本來，聶雙雙認爲一個妓女要再回頭，幾乎是不可能的、社會永遠是不會允許的。可是從耿自修、姚六華，從卓不羣、達天明夫婦的耳濡目染，她漸漸知道一個人能努力向上總是可喜的，社會除少數外，一般人也都是同情向上的人。於是她毅然決然拋棄自己以前狹窄幼稚的兒女私情，就是姚六華一心一意要促成她和卓不羣的結合，也被她拒絕，而投入抗戰救護醫療工作的行列。不幸的是，爲救人心切，聶雙雙竟然戰死。

姜貴對姚六華的安排，想是經過一番深思熟慮。像姚六華這個角色的遭遇，是很容易遭受社會衞道人士非議的。耿自修初到徐州，人地陌生，棗莊煤礦的會計代理主任「脅肩諂笑」的羅又甘在接風的場面，就爲他準備三個姑娘，一個嬌小玲瓏的雛妓——小琪妃；一個身材適中，會說上海話，自稱是無錫人——情樓；另一個高個子，年齡較大的花六寶——就是後來的姚六華。耿自修和花六寶的初次相見場面，姜貴淡淡幾筆帶過。

耿自修忙拉著她一雙手，和她比比身高。

「你看，你穿著繡花鞋，比我還高一點，你眞苗條。」耿自修作個認眞讚美的樣子說。

「你知道我是太高，所以生意一直不太好。」姑娘臉上訕訕的，說話聲音很低。

「你沒有遇到識貨的人。」

這次邂逅後，耿自修爲棗莊礦工待遇菲薄，生活清苦，東北四省淪亡，冀東宣佈自治，弟弟自齊的左傾，投機份子的失敗主義論調，憂心忡忡早就將別人眼裏的這段「艷遇」忘得一乾二淨。想不到羅叉甘又藉機巴結，將花六寶送到耿自修的房間。

「他送你來幹什麼？」

「教我來陪你。」

「他怎麼可以這個樣子。」

「我什麼也不知道。」

「你去，你去。我沒有叫你。」

「好吧，我去。」

有人說：「女人做了妓女，就不能再算是人，總是被人不當人看待了。」花六寶心想：一個受盡折磨的不幸弱女，本是沒有憤怒的權利。一般人都認爲世界上最容易到手的女人是妓女，最沒有價值的也是妓女。但是在她賣笑十年的生涯，雖然備嘗艱辛，被客人如此不分青紅皂白的奚落驅逐還是第一遭。而耿自修事後也想：從家庭到學校，學校到銀行做事，他從未遭遇他人疾言厲色。對部屬咆哮一番，對他來說更是難以想像。想到自己居然對一個可憐的女子生氣——以妓女爲業——未免太不近人情，於是他內心感到無限的不安與愧疚。如此從同情的援手，而種下了日後的情愫。而姚六華本身又擁有一雙發育勻稱且修長的腿，更不幸的，耿自修的妻子藍薇珍也有一雙同樣動人的腿。耿自修心想以前薇珍那裏得來的空虛，至少在目前這一刻，暫時可以由這個軀體填補。當一個丈夫被太太依賴的時候，他會更覺得自己像個丈夫，這是男人的自尊。耿自修從小失去父親，襁褓中便是母親一手帶大，他對母親的話從未懷疑過。讀會計、做銀行，都是母親的意思。甚至和薇珍——他的表姊——的結合，也是她的主張。悲劇的發生歸咎於薇珍比他大三歲，身材又比他高，更不幸的是耿自修只希望自己的妻子能單純地像母親。而藍薇珍唸的是體育，又是短跑健將，更有事業的雄心，獨資創設「體育用品公司」，又組織女子籃球隊，結果都有可觀的盈餘。耿自修大學一畢業，藍薇珍又想招攬他當會計主任，卻被他堅決拒絕。母親去世後，他要往徐州一趟去，無非是想暢快地抬抬頭而已。

姚六華從小在溷濁的環境長成，一些言語、動作，難免缺少教養。耿自修認為對於一個不幸的女人，尤其是受環境支配的，如果沒有同情，那是下流的、殘忍的，於是他儘量去諒解她、容忍她，讓她有自信，提高她的自尊。而姚六華畢竟是個慧黠，善體人意的女孩，對於自己在青春就葬送於風塵，一直受他人屈辱白眼，從來沒有吸收清新的空氣，也沒有見見光明。而一般男人對妓女又都是抱著洩慾需要的心理，幾乎都不把妓女當人看待的。對於耿自修眞情自然的流露，她不知道去體會的。而在耿自修的心目中，姚六華的品格、胸襟、眼光、識見，她的同行都望塵莫及。姚六華有力爭上游的決心，可貴的是耿自修高貴的氣質，慢慢將她提昇到與薇珍一般軒輊不分的地位。而薇珍對她始則嫉妒，繼則同情，後來又因為她的身材比自己還高，而惺惺相惜，就將照顧耿自修的責任託付於她。

姚六華沉默謙虛，臉上自然地掛著微笑，始終以卑妾自居，任勞任怨操作。在耿自修、藍薇珍的薰陶感染，姚六華不再有以前風塵女孩那種刁蠻、潑辣的習氣，而漸漸有容忍、含蓄。她也不再爲自己有過太多的打算，一切忠於耿藍兩人。後來蘆溝橋戰役發生，八月十三日松滬戰起，耿自修投入戰地，而姚六華也加入戰時婦女救護工作。然而史雲艮和烏江聯保主任給予她的那種不堪的侮辱，卻無法用愛情來彌補。史雲艮是投附陝北匪窟的奸細，有計畫要破壞我方的敵後工作，煽動婦女救護工作的人員，揭露姚六華、聶雙雙過去的瘡疤，藉此獲得一般人的同情、附合，這是共產黨徒慣用的伎倆。

「各位太太小姐們，想來你們也有知道的。後面坐的這個大個子女人，是文明旅館的姑娘，花名叫六華。這個穿白衣服的，你們或許不認識。但是我偏知道她的來歷，她是南京烏衣巷的姑娘，花名聶彩雲。」

「各位太太小姐們，這兩個是妓女，你們願意和妓女坐在一起嗎？妓女、妓女，世界上還有比妓女更下賤的嗎？這個講習會有妓女，你們還能參加嗎？」

接著場面一陣鬨亂，有人羣起附和，紛紛起立，爭著要逃散。姚六華拉著聶雙雙，狼狽離開現場。難怪聶雙雙感喟嘆口氣說：

「一個女人要回頭，幾乎是不可能的。社會永遠不允許。」

烏江聯保主任是以前姚六華在徐州旅館當姑娘的嫖客，想不到十年後，姚六華洗盡鉛華，重新做人，他竟又想重敍舊情，一再輕蔑、羞辱她。

「天下人管天下事。一個旅館姑娘，誰都玩得，你別裝正經了。」

「你這樣挖根，到底什麼意思?」

「你比十年前福相了，我不過想敍敍舊情。」

「我說實在的，我不是花六寶。你去吧，我丈夫回來遇見，有你的麻煩。」

「你拿我當什麼了?花六寶。你身上那三顆紅痣，現在還有吧?」

「你倒好記性，那麼請進來。」

外面的人推開兩道虛掩著的門，悄然走進套房，慢慢挨進床前，姚六華隔著燈光，坐在大帳子的陰影裏。那人急忙看不眞切，再往上湊湊。姚六華手指一勾，槍響，打個正著，眼見他跌倒在地。怕他不死、再照臉補上一槍。

一個人受辱要有個程度，一個人忍耐也有個限度，姚六華在耿自修善意提携，想好好做個正人淑女，也很想好好活下去。她認爲自己有能力爲賢妻，也可以爲良母，更不愧爲守法愛國的公民。她上游復上游，總希望有天能熬個出人頭地。想不到過去那筆爛帳，竟被人毫不留情的全抖出來。一個人想翻身，受辱應該也有個結束，想不到環境又要去妨礙她，阻撓她。臨急求生、出手殺人，那也就怪不得一個妓女出身的姚六華了。

雖說「碧海青天夜夜心」裏面也穿插有蘆溝橋事件、松滬戰役、蔣委員長西安蒙難事變，和張自忠將軍抗戰的決心和被外界的誤解的史實，但是姜貴只淡淡勾繪數筆，很難窺察出時代人物的形貌，比起「旋風」、「重陽」，「碧海青天夜夜心」似乎缺少「記史」的濃厚氣氛。也許這就是劉紹銘教授所說的「爲兒女私情所累。」姜貴特別鍾愛「碧海青天夜夜心」或許他是想藉這個故事，寫出那個動亂大時代一些男女的悲歡離合。除刻劃耿自修、姚六華、聶雙和藍薇珍彼起此落，錯綜複雜的感情有上乘的表現外，姜貴處理「脅肩諂笑」的羅又甘、清幫老頭鼎鼎大名的「徐州杜月笙」的饒華廷的形像都異常突出，深深烙在讀者的腦海。所敍述耿自修的弟弟自齊，如何受共匪女色的誘惑而左傾，棗莊煤礦辦事員卓不羣，如何深入虎穴破獲陰謀機構的文字，都可圈可點。可惜的是「碧海青天夜夜心」，似又缺少長篇小說所應具有的懸宕高潮。「旋風」、「重陽」都有迭起的高潮，懸宕的轉折，而「旋風」又比「重陽」濃郁。如果沒有耐心，讀者要閱讀八百四十頁的「碧海青天夜夜心」，恐怕不易，且會感喫力。而全書的結構，似又不夠平穩嚴密。前半部格調尙稱明快，故事進展亦稱自然，頗富節奏韻律。可惜後半部處理聶雙雙、耿自修、姚六華的死亡，都嫌草率匆促而不自然，文字顯然亦不對稱。比起「旋風」、「重陽」，「碧海青天夜夜心」故事的進展亦不夠明快，且顯得沉悶、澀滯。處理自齊棄暗投明的轉變更是突兀、牽強，且不近常理。而對話也過分冗長，有時連篇累牘，讀來頗令人不耐。更令人可惜的，姜貴喜歡在敍述事件或對話的後面，附上許多申論的文字，雖說這些文字見解中肯、警策，可是這總是處理長篇小說的敗筆。這就像目前有些有「藝術深度」的電影，喜歡在影片結束前附加若干解說的字幕，而受人指責非議一樣。

雖說「碧海青天夜夜心」沒有「旋風」、「重陽」那麼濃厚的「諷喻」筆調，但是還有幾段文字，卻可讓讀者窺伺姜貴「諷喻」表達的功力，隨意拈出兩則，以見一斑。

姜貴敍述礦工灰毛烏嘴，衣衫襤褸，經年不見天日的可怕。住處簡陋「一房一室，土墻茅頂，有門無窗，一面大匠，匠前面一個鍋灶，此外什麼也沒有了。」接著藉耿自修的一段話，深刻刻薄地諷刺中國的落後貧窮。

「記得前幾年，有個好萊塢的電影導演，帶著一個外景隊，從上海下船，經過京滬，平津鐵路，到北平去拍外景。拍完了，原路回去，過了沒有多久，這個導演自殺了，留下一封遺書，述說他自殺的原因，其中有一條，說是他親眼見到中國人民的生活以後，對於上帝的安排，更無法瞭解了。」

在「旋風」、「重陽」裏，姜貴曾描繪毒販的嘴臉，吸毒成癮的下場。「碧海青天夜夜心」也刻劃張二禿子、溫四老板、老汽水販毒的內幕始末。姜貴敍述毒癮的可怕有如此的文字。

「癮發起來，急得拿頭向磚牆撞，撞得滿臉的鮮血，拉也拉不住。」

「有個富商家裏的小老板，常在外邊玩，一不小心吸上了癮。家裏人把他關在樓上給他戒。悶了兩天，癮得發狂，從窗子裏跳出去，活活摔死。」

「面色蠟黃，兩眼發直，嘴裏吐著白沫。」

寥寥數語，那幕毒癮發作的可怕、難耐，毒癮的難戒，慘死的下場，怵目驚心活現在讀者面前。姜貴藉老汽水對羅又甘的一段話——一個毒犯被正法的場面——諷刺中國有些死到臨頭還故意充好漢的劣根性的可笑。

「那同是個男人，年輕力壯，個子比你羅八爺還高。下了洋車，教他跪，他不跪，卻跳著腳大叫：過了二十年，又是一條好漢。當時把我笑得直不起腰來。一個毒犯，也不自已掂掂斤兩，臨死還胡塗，你算什麼好漢呀！」

姜貴已是年近七十。他十五、六歲就受老師的賞識，加入國民黨。隔兩年，又投入中央青年黨部的工作。從小就選讀「昭明文選」、「古文觀止」等古典著作，外國舊小說的翻譯本，他也讀得很多。更難能可貴的是姜貴目睹三、四十年代共產黨禍國殃民的史實，用更清楚、更深刻的文字表達，呈現在讀者眼前。不但繼承傳統小說的血脈，作品氣魄磅礴，寫作技巧也十分高明。這是臺灣年輕一代土生土長的小說家無法企及的。夏志清教授激賞姜貴，讚譽他是「晚清、五四、三十年代小說傳統的集大成者。」

但是，有人分析認爲姜貴小說的主題，取材佈局，形式、文字文句都不夠新穎，缺少創新獨特的格調，以致於像如此衆口稱譽，有口皆碑的反共作家，他的小說在臺灣始終不受重視。據說姜貴晚年非常蕭條。有人說他「生活困難，日子很苦。」本來他有計畫寫一部三部曲的長篇小說。以近半世紀中國社會動亂史爲背景，暫名爲「鼎盛春秋」，第一部：「惆悵黃河」、第二部：「四海爲家」、第三部：「飄渺仙境」。姜貴談到他的寫作計畫時說：「二十世紀上半世紀，自義和團招致八國聯軍，以至我中華民國播遷臺灣。這五十年間，是我國社會變動最爲劇烈的時期，中國文化受到嚴重的考驗。中國人民忍辱負重，苦難無窮，表現這一時代，很可以寫出一本大小說。」依姜貴在「旋風」、「重陽」的表現來衡量，我們確信他有功力寫好這部鉅著。可是計畫擱置六、七年，他始終沒有著手寫作因爲他兩年的生活費用始終沒有著落。姜貴認爲這部三部曲的「鼎盛春秋」，又和「旋風」、「重陽」一樣，是部代表個人看法，文責自負的書。如果爲了遷就稿費，而改變自己的看法和寫法，姜貴的內心是矛盾和痛苦的。姜貴更認爲如果寫作計畫一改變，就要注定失敗，白費精力。他曾調侃自己若不能發一股橫財的話，此書無法完成，已是定局。他的那份無可奈何的蒼涼心情，應該是不難了解的。記得劉紹銘教授曾說：「一個作家過的生活，如果是餐粥不繼的話，很難會寫出好文章來。」更令人扼腕的是在現實咄咄逼人，重重困頓的情景，姜貴無奈而失望地說：

「現在，我正多方設法，作種種嘗試，企圖從寫作這一行裏退出。幹這一行硬是會餓死人的。」

「中華文藝」七十一期　六五年六月七日

本文參考資料：

1. 高　陽　關於「旋風」的研究

2. 夏志清　論「旋風」
姜貴的「重陽」——兼論中國近代小說的傳統

3. 劉紹銘　胡拉島書簡

4. Timothy A. Ross 著　陳森　譯
論姜貴小說的主題

5. 柳映隄　生活在風雨中的人——姜貴先生訪問記

一則故事兩種寫法

——以陳映眞的「唐倩的喜劇」和七等生的「期待白馬而顯現唐倩」爲例

「同樣的故事，同樣的情節，本來有不同的寫法，應該是最合理的寫法。」

一個故事，一個情節，作者深思熟慮，刻意經營爲比較合情合理的作品。有時作者便將自己的作品，重新以另一種方式表達。像王禎和便將他的短篇小說「來春姨悲秋」改寫爲劇本「春姨」。曉風也曾將古典的故事，改編爲戲劇，如「武陵人」、「和氏璧」、「第三害」等。雖然作者或有他的理由，可是有些人卻認爲這是可恥的抄襲或剽竊。有人就曾指責蔣芸頗受讚譽的小說「小黑再見」是抄襲奧地利名作家褚威格的原著「一位陌生女子的來信」。揭發朱西寧頗受矚目的小說「冶金者」是剽竊日本名作家芥川龍之介的作品。另外卻又有人認爲既然承認翻譯也是一種創作，那麼只要註明出處，縱然是改寫重編他人的作品，難免都會羼雜作者個人的心血、意念。如此說來，那些「抄襲」、「剽竊」等惡毒的字眼似又是過分苛求的無的放矢、畫蛇添足，因爲改寫重編畢竟也是一種創作。姑且不論誰是誰非，讀者將兩件作品平心靜氣細心推敲，便不難窺出其端倪。

陳映眞的小說幾乎都是處理小市鎭知識份子的問題。「唐倩的喜劇」是他的後期作品。早期的蒼白、憂鬱的濃厚感傷的色彩，已經漸被冷嘲熱諷所取代。雖然陳映眞特別聲明「唐倩的喜劇」——「係虛構故事，倘有與某人之事跡雷同者，則純係偶合，作者概不負責。」但眼明的讀者不難了解陳映眞所要揶揄的對象，是當時我們學術界的怪現象。「唐倩的喜劇」發表於文學季刊第二期（民國五十六年出版），當時我們的學術界正瀰漫「存在主義」、「新實證主義」、「性開放」等學說的濃郁氣氛。而我們學術界的一般知識份子對西方這些舶來品，又是一知半解，無法攝取學說的菁華，而只是死死抓住一些聳人聽聞的怪異詭譎行徑，加以誇張渲染，而一味隨波逐流迷失在自己虛構的海市蜃樓。陳映眞便慧黠利用老莫、羅仲其、唐倩幾個人物來諷刺我們學術界標榜「存在主義」、「新實證主義」、「性開放」等知識份子的醜陋臉譜。

而七等生的「期待白馬而顯現唐倩」，副標題爲「唐倩的喜劇的變調」，雖說是取材陳映眞的「唐倩的喜劇」，但是彼此呈現的主題，卻迥不相同。七等生本是一個我行我素的作家，他本來就蔑視文壇宵小的抄襲剽竊行爲。他竟然將陳映眞的小說，弄成「變調」，勢必有他個人特別的理由。七等生將陳映眞冗長的文字濃縮芟刪，而在小說的首尾添補半敍半議的文字，表達他的眞正主題：「白馬」。筆者不佞，擬將「唐倩的喜劇」和「期待白馬而顯現唐倩」浮光掠影的評介、比較，而藉以說明「同樣的故事，同樣的情節，本來有不同的寫法，應該是最合理的寫法。」

「唐倩的喜劇」陳映眞捨棄他以前半自傳體小說的寫法，筆鋒轉向攻擊那些裝腔作勢的知識份子。那時我們的學術界完全被沙特、卡繆提倡的「存在主義」佔據，幾乎知識份子所抱持的都是翻版的「存在主義」著作，他們卻從不過問「存在主義」的眞諦是什麼？他們也從不追究沙特、卡繆宣稱的人道主義，又有什麼內涵，而徒人云亦云。而「新實證主義」除要有深厚的數學和物理當基礎外，還要具備邏輯和語意學的訓練，以致擁戴者僅侷限於少數學院派的「專家」。陳映眞藉着老莫這個角色，表面是敍述沙特或存在主義本身，骨子裏卻在挖苦我們當時的學術界。沙特所建立「存在主義」的哲學體系，自有他的歷史價值。而我們的學術界知識份子卻一味拾人牙慧，專門模仿「存在主義」的皮毛表現。老莫動不動就宣稱「沙特認為：除了人自己的世界，是沒有什麼別的世界存在的。」「這世界上沒有審判者，唯有人他自己的存在。」「我們被委棄到這個世界上來，注定要老死在這個不快樂的土地上。」「人務必要為他自己作主，在不間斷的追索中，體現為眞正的人，這就是存在主義的人道主義底眞髓。」「我們就必須為自己作主，在不斷的追索中，完成眞我。」唐倩的童年過得相當黯淡，她的母親遭父親遺棄，是個終年悲傷古板的寡婦。唐倩本來有個寫詩的朋友——于舟，而她剛認識老莫，就被老莫「知性的苦惱的」表情所迷惑，立刻寫封簡潔的信箋約晤老莫，她確信一般知識份子幾乎沒有人能抵抗女性署名的信件。跟老莫一有來往，唐倩馬上覺得于舟簡直太沒有味道，跟他在一起「快樂得絲毫沒有痛苦和不安的感覺。」「快樂得忘了我們是被委棄到這世界上來的。」而痛苦、不安、委棄這又都是「存在主義」信徒的常見字眼。於是她就輕易而鄙惡地將于舟打發，而變爲老莫的情婦，雙雙出入我們的學術界，從此憑着她的慧黠，很輕易地就將「存在」、「自我超越」、「介入」、「絕望」、「懼怖」的詞彙掛在嘴邊。而老莫除本身故意打扮爲沙特的模樣外，還特別將「生活雜誌」刊載的一種「冷敲熱打」的知識份子制服，介紹給唐倩，以便顯現她的肉感氣質。而唐倩也沒有讓老莫失望。她敢於露骨描寫男女床笫間的感覺，有時她竟然如此描寫和老莫的性生活。「他悲傷地望着他的任她怎樣愛撫也沒法充分勃起的男性，困頓地說：『每次看到你的裸體，我就想起你的死體是否也這麼美麗。而每次想到那命定的死亡，我就不來事了。』」，這段感傷而意象優美的文字雖然有人傳誦低徊不已，批評爲「存在主義在中國新文學上的光輝的收穫。」而他們的同居、性的解放、公開試婚的論調，雖然也引起學術界的渲染和騷動，卻給老莫帶來萬分的苦惱。而他們這種快樂，一月又一月過去，唐倩對老莫的感情也一天比一天濃厚。她渴望替老莫孕育一個甚至一打像老莫「具有偉大創造力的天才」的孩子，而秘密懷有三個月的胎兒。老莫一知悉，立刻慌張起來，但卻柔情對唐倩說：「我喜歡和你有一個孩子，小倩。」「可是，小倩，孩子將破壞我們在試婚思想上偉大的榜樣。」他還列舉了許多羅素試婚的論調，唐倩雖悲傷也順從接受他的想法，取去他們共同擁有的另一個生命。唐倩變得悲苦而沉默，老莫也被「殺嬰的負罪意識」所縛，彼此間慢慢有隔閡。而老莫又被一種無能和去勢的恐怖感所威脅，以「一個眞誠的人道主義者，是不會有性慾的」來搪塞，最後彼此終告分離，據說他們是要「不斷地追索，以實現眞我」的緣故。

唐倩毅然將存在主義的老莫，好像「嬰兒時代的鞋子」般揚棄，再度帶她重新進入我們的學術界的是搞「新實證主義」的哲學系助教羅仲其。因爲他有一顆出衆而碩大無朋的頭顱，大家便以「羅大頭」來稱呼他。陳映眞利用三十年代風行維也納的「新實證主義」和「邏輯實證論」的老派學說，卻被我們的學術界好像昨夜才誕生般熱烈地討論，諷刺我們學術界觀念的落伍，拾人牙慧。而我們嗷嗷待哺的學術界，對於某種學說的抉擇，顯然也犯有主觀情緒的謬誤。但是「新實證主義」必要有深厚的數學和物理學當基礎，而且要有邏輯和語意學等學院式的訓練，於是擁戴的便不像當年老莫被捧爲存在主義領袖那般盛榮。但是羅仲其卻也儼然以新的學說領袖自居。他們批評存在主義的人道是經不起邏輯分析的。而唐倩也拾取一知半解刻意苦心描寫「凡是女性莫不迷信戀愛的，而在戀愛中迷失自己的，又都是女性。所以凡在戀愛中迷失自己的，莫不迷信戀愛。」——半生不熟的敍述小說。

雖然夜深人靜，羅仲其冷靜分析發現自己實在深深地愛戀著唐倩，可是有時他卻怒不可遏和她爭吵。因爲他發現唐倩有若干動作細節，幾乎都是繼承以前的老莫，就像她寫字喜歡把頭向左邊傾斜四十五度。在發表議論時，她故作莊嚴的腔調。她常用拇指和食指抽煙的樣子。可是羅仲其也知道自己憤怒的理由很簡單：嫉妒。因此他就不敢無理取鬧，因爲嫉妒顯然犯上訴諸情意的謬誤，而這又是「新實證主義」最忌諱的。雖然有時彼此取得暫時的和解，但是有時羅仲其一想起唐倩和老莫床第間一些奇怪的細小動作，便醋勁大發，怒不可抑。其實羅仲其這種反常矛盾的狀態，分析是不難了解的。因爲他的童年不幸，家庭變故帶給他長期的恐懼與不安，不敢面對現實，只好遁逃於「新實證主義」的玄學領域。但是這只能解決他的「知性」困惑，許多「感性」依然頑固佔據他的出路。其次他發現唐倩是慧黠而不可征服的女性。有時她的詭辯迫他走向絕境，而她自然自在而安適的模樣，刻刻威脅他，使他意識到某種男性的劣勢感。而最令他不安的是唐倩竟然談論和胖子老莫相處的私事過程。她的那種如大地一般包容一切的穩定而自在的氣質，讓他憤恚，引發他的嫉妒。有時爲掩飾這種缺憾，他縱然氣得雙手發抖，也佯裝快樂而若無其事而哼着小調。這種日積月累的壓抑，終於使他罹患神經衰弱和偏頭痛。

而最後迫使他走上自殺的絕境，則是羅仲其對自己的男性在床第間能力的懷疑。開始他爲征服老莫留給唐倩殘餘影子的影響而致力於床第生活，但是沒有持續多久，他便發現可怕的事實，因爲男性必須從床第中證明自己性別的那種動物。可是證諸發生過的事實並無濟於事。而長期不斷的證實，只是換來更嚴重的焦慮，敗北感和去勢的恐懼。而女性卻無須證實，倘若獲得滿足，固然能證實伊是女性，萬一不能獲得滿足，也無從證實伊是女性的失敗。這種長時間的焦慮，敗北和去勢的恐懼，時時刻刻侵蝕羅仲其的信心，內部糾紛的痛苦不能解決，終於連他的生命也被剝奪。

再度吹開唐倩冰凍的芳心的是喬治・H・D・周（周宏達）。周是工程碩士，在紐約某機械公司任職，因公來臺停留。唐倩因爲過去老莫、羅仲其那種空虛的知性，那種激越的語言，那種紊亂而無秩序，貧困而冷漠的生活，加上索然無味機械般的床第生活，顯得疲憊不堪。而喬治・H・D・周適時走進她的世界。喬治周在美四年自食其力度過美國那種刻苦儉約的生活方式，都深深留在他的動作細節。以前唐倩在老莫、羅仲其的愛情世界被讚譽爲「全身都是熱力和智慧的女人」，是「一杯由玫瑰花釀成的火酒」，是「使男人得以完成的女性」。可是當唐倩的第三次愛情的花朶綻開在喬治周，隔夜便又被批評爲「下賤的拜金主義者」，是「民族意識薄弱的洋迷」，是「惡俗的女人」。陳映眞藉着顯明的對比語調，諷刺我們的學術界對事情的判斷是如此的「感性」，而不講求「智性」。

陳映眞諷刺的對象——喬治周——可說是我們學術界留美羣像的抽樣。我們當然不否認若干莘莘學子在異域踏實奮鬪的滄桑。可是卻也有不少喬治周式對異域一切盲目而狂熱的祈慕，而又對自己生長的本土刻薄的詈罵、批評。周宏達認爲中國的工業技術和美國比較，簡直是讓他絕望。美國自由的生活方式，更不是我們所能想像的。他特別批評我們的加油站要駕駛者下車打開油箱的蓋子，而肯定美國那邊的每一件事都叫人舒服，那也難怪他連做夢也要回到那邊去。陳映眞更藉着喬治周這個角色，諷刺我們學術界一般知識份子對自己國家的漠視。周宏達認爲一個人的國籍、民族並非必要。而強調我們要追求學做「世界公民」。因爲他認爲一個人的基本權利，便是在選擇一個最安逸而又最能滿足的生活方式。而周宏達更答辯一個落後的地區對美國的生活方式嫉妬，主要癥結不是羨慕而是缺乏充分的了解與容忍。他的言外之意是只要落後地區的人們，再假以時日，試學學充分的容忍，便不難達成那種開明而自由的「世界公民」的生活方式。

其次，陳映眞藉着喬治周認爲「情人是情人，妻子是妻子，而妻子是要溫順賢淑」的話，諷刺我們學術界一般知識份子對婚姻的看法。唐倩爲達成超過伊的想像的異域快樂生活，她也充分的將這種雙重的婚姻標準加以利用。對周宏達的求婚，裝出那種又驚又喜的「溫順賢淑」。當她答應委身於喬治周那晚，竟被他的熱情而充滿幸福的感覺刺激而哭泣起來。陳映眞藉着喬治周的極端性的技術者——「他專注於性，一如他專注於一些技術問題一般。他的做法彷彿在一心一意地開動一架機器。唐倩覺得自己被一雙技術性的手和銳利的現實的眼，做些某種操作或試驗。因此即使在那麼柔和，那麼黯淡的燈光裏，唐倩由於那種自己無法抑制的純機械的反應，感到一種屈辱和憤怒所錯綜的羞恥感。」——諷刺我們學術界的一般知識份子，不管老莫、羅仲其，不管喬治周，因爲他們心靈的某種無能和去勢的懼怖而產生對性生活的焦燥不安。

雖然唐倩變爲喬治．H．D．周的妻子，可是第二年的春天，她又毅然決然地離開他而嫁給一個在一家巨大的軍火公司主持高級研究機構的物理學博士。陳映眞藉着唐倩這一突兀的轉變，諷刺若干社會人士眼裏的才女，事實上只是「離不開媽媽」、「現實」、「沒有靈性」而又「意識薄弱」的女性知識份子。有時她們爲達目的，顯然是不擇手段的。這些「才女」眼高於才，中國人她們一概都不屑一顧。其實她們「聰明有餘、智慧不足」（水晶語）。她們也只會隨波逐流，錯誤的是我們的社會人士對她們的估計過高。陳映眞在「唐倩的喜劇」的結尾，認爲不要說才女唐倩，漸漸被學術界淡忘，就是老莫、羅仲其的沒落、死亡，也象徵我們的學術界是何其的凋零寥落。陳映眞無情的諷刺我們的學術界缺乏才情，縱然故作狂狷，也只是僞裝姿態，矯揉造作而引人注目。事實上，他們也實在沒有知識的基礎去推動新的學術風氣，既然學術界激不起新的浪花，那只有永遠歸於死寂了。

七等生將陳映眞冗長的「唐倩的喜劇」濃縮爲短截的「期待白馬而顯現唐倩」，故事的架構沒有變更，人物也仍舊是唐倩、老莫、羅仲其等人。可是七等生所欲表達的主題卻和陳映眞原來的故事，有相當的距離。他將「唐倩的喜劇」的故事鑲嵌於表面，而將「白馬」這個影子安排於「期待白馬而顯現唐倩」的開頭和結尾，象徵他的理想，又以唐倩和她所接觸的人物諷刺現實社會的齷齪。七等生這種處理手法，使陳映眞的本是明快、朗爽的故事，淹沒在層層濃厚曖昧的象徵煙幕。如果讀者對七等生另一篇題爲「白馬」的文字不熟稔的話，要了解「期待白馬而顯現唐倩」，恐怕會十分喫力而戛戛難入。

有人說七等生小說最值得讓人思考咀嚼的是一層層的哲理。要了解七等生的小說，首要工作就是把握他的哲理思想的發展。七等生一向在小說中喜歡利用沙河來分割他的理想與現實世界。

他在「白馬」中敍述故事的來源是這樣的：「那是在一陣奇異的暴風之後，突然出現在虎頭山頂鳴叫的一匹白馬。無人知道牠從什麼地方來，爲何立在山頂上發出宏亮的叫聲……於是鎭上傳言着這是神的使者，因那白馬光耀照人，神俊活潑，眼珠發着刺一般的光芒。它在日落前突然奔躍下山，迅速地從我們走的這條路走過，那時那九個男人立在道旁等着牠，追趕牠，想把牠捉住。不過牠彷彿帶着他們賽跑。白馬就在我們現在看得到的那座碧綠的山頭突然失蹤。於是這九個男人把所有他們賽跑追捉白馬的貧瘠土地都歸爲自己，分批開墾。像是個奇蹟，土地竟肥沃異常，稻作出奇地美麗。」

七等生憤怒一個人如果落魄貧窮，縱然一些無關痛癢的細微過分行爲，也會遭受社會對他們的不諒解。這九個男人本是無賴漢，他們不時遭受鎭人的侮辱、詈罵，才下定決心要將沙河的這塊荒地開闢爲良田。而結果連緜寬廣不斷的稻田帶給人們富庶，更帶給人們快樂。一般有錢有勢的追求犬馬聲色，終究造成無數罪惡的淵藪。而七等生的理想便是慾望不高的樸素和平凡，這便是他的思想結構。如果讀者對這一層面有充分的了解，把握這一條思想脈絡的發展，那麼便不難將「期待白馬而顯現唐倩」那層濃濃的煙幕撥開，而窺見裏面的世界。

七等生在沙河旁搭蓋一間小屋居住，整日辛勤揮汗苦耕，卻只圖三餐溫飽。但是他的遠景卻在期待傳說中的白馬再度降臨。可是有一天卻突然從沙河對岸水平線出現「穿着豔麗的長袍、長頭髮和大大的眼圈，是一個優雅大方的仕女，搖擺地扭動她的軀身」的唐倩。儘管唐倩如何「優雅大方」、「美麗動人」，可是于舟、老莫、羅仲其、喬治·H·D·周，實在只不過是她的玩弄對象，她利用各種手段，對男人驅向困境而獲得樂趣。而唐倩畢竟又是慧黠而不可征服的，她充滿勢力和智慧。七等生利用陳映眞原來的故事結構刻劃現實的猙獰醜陋，而七等生卻要將自己從這種環境超脫。在「期待白馬而顯現唐倩」的結尾，七等生說「唐倩在對岸呼喚，但是距離太遠了，聲音傳不到我的耳裏」。七等生認爲縱然現實齷齪，只要「我的心在高原」，即使唐倩完全赤裸裸，即使她能展翅飛翔，也不能壓倒七等生的理想。也就是一顆赤誠向善的心，不管四周污染環境的引誘，仍舊四射散發光和熱，這便是人性的光輝。也就是這一信念支持七等生。使他目前不能期待他的理想——「白馬」，但是「唐倩越走越遠，成爲一個灰點。」縱然像唐倩這種人物仍然會到處「移來移去」，但是對七等生卻不能「構成意義」。

也許「白馬」再度降臨的時間相當遙遠，也許「白馬」再度降臨是個未知數，可是這種期待便是讓七等生活下去的一個理由。七等生確信「當唐倩的時代過去後，白馬會降臨」。如果更深一層地說，我們人類能夠延緜不斷，有時絕望，卻又有股熾熱的求生意志。有時失望，卻又不會自暴自棄，這也許就像七等生的期待他的理想——「白馬」。如此說來，七等生的「期待白馬而顯現唐倩」似乎又不是抄襲剽竊陳映眞的「唐倩的喜劇」，而顯然有其更深邃意義的作品。

六十八年二月「中外文學」七卷九期

敢愛敢恨、亦雕亦鏤的「玉卿嫂」

I

有人說廿世紀六十年代，沒有任何一位中國作家刻劃女人的工夫能夠超過白先勇。如果勉強要找尋，恐怕只有張愛玲可以填補這個位置。一個成功的小說家，首要條件就決定於溝通讀者與小說的人物。白先勇的短篇小說，有許多以女性爲主角，像「永遠的尹雪艷」、「遊園驚夢」、「金大班的最後一夜」、「一把青」等對尹雪艷、藍田玉、蔣碧月、桂香枝、金兆麗、朱青等人的個性、對話、服飾、擺設刻劃得栩栩如生，當代恐怕尚無法找出第二位小說家能夠望其項背。成功的因素在於白先勇的苦讀精品「紅樓夢」。誰都知道，曹雪芹的「紅樓夢」畢竟還是以女人爲主角的章回小說。賈寶玉雖是「紅樓夢」的男主角，畢竟也只是林黛玉、薛寶釵的陪襯人物。

Ⅱ

白先勇小說的背景時間空間意識極度強烈，將時間空間安排相當明確。有人認為白先勇的小說冷酷分析比熱情擁抱還要濃厚，「玉卿嫂」就是典型的作品。夏志清教授認為「玉卿嫂」是男女冤孽式的愛情。而且完全貞實的符合中國傳統古老社會的客觀情實。

「玉卿嫂」是白先勇早期最冗長又最引人的短篇小說（刊於「現代文學」的創刊號，以筆名「白黎」發表，四十九年三月出版，當時白先勇年僅廿二、三歲）。白先勇將「玉卿嫂」的背景，安置於抗戰期間桂林的舊式社會。雖然白先勇藉著容容少爺敍述玉卿嫂與慶生的孽緣悲劇，讀者卻無妨當為白先勇童年的回憶，一股低徊憑弔的淡淡鄉愁，因為廣西桂林是白先勇的故鄉。愛情與死亡有時往往是分不開的，古今中外吟詠從未在歷史中輟。白先勇刻劃「玉卿嫂」的面貌是這樣的：

「一身月白色的短衣長袴，脚底一雙帶絆的黑布鞋，一頭烏油油的頭髮學那廣東婆媽鬆鬆的挽了一個髻兒，一雙杏仁大的白耳墜子卻剛剛露在髮脚子外面。」

當玉卿嫂發現慶生與「換了一身嶄新的花旦行頭，越發像朶我們園子裏剛開的芍藥了，好新鮮好嫩的模樣兒，細細的腰肢，頭上簪了一大串閃亮的珠花，手掌心的胭脂塗得鮮紅。」的金燕飛有兒女私情，白先勇又如此描繪她的強烈反應：

「她的背軟癱癱的靠在木桿上，兩隻手交叉著抓緊胸脯，渾身都在發抖。……眼圈和嘴角都是發灰的，一大堆白吐沫從嘴裏淌了出來。她的眼睛閉得緊緊的，上排牙齒露了出來，拼命咬著下唇，咬得好用力，血都沁出來了，含著口沫從嘴角掛下來。她的胸脯一起一伏，抖得衣服都顫動起來。」

玉卿嫂深深打動讀者的心坎，決不是她的楚楚可憐，也不是她的無法控制個人的行動，她深深觸發讀者的同情的原因，在於她擁有一顆悲憫和專一的心。玉卿嫂本來也是體面人家的少奶奶，不幸丈夫嗜癮鴉片病逝，家道中衰，又不見容於（花橋柳家的）婆婆，雖是當傭媽，可是名門閨秀出來的到底也多少與衆不同，不管別人如何苛薄嚴厲的挖苦、諷刺（像「一雙奶子鼓起那裏高，把老子火都勾了上來。」、「扮得妖妖精精」），她的反應卻完全又是典型舊有女性的表現「管他誰好誰壞，反正我不得罪人，別人也不會計算我的。」「這起混帳男人哪有什麼好話說，快別理他們，只裝聽不見算了。」

而玉卿嫂克勤克儉，將積蓄讓「早沒了爹娘，靠一個遠房舅舅過活，後來得了癆病」的慶生養病，她如此犧牲無非期待有朝能與慶生結連理獲得快樂、幸福和滿足。她對慶生說：「只要你明白我這份心意，無論你給甚麼嘴臉給我看，我咬緊牙根，總吞得下去。」又說：「我也不指望你報答我什麼——只要你心裏，有我這個人，我死也閉上眼睛了。」愛情愈是專一，佔有慾愈是強烈，有時表現過分顯得讓人恐怖。慶生既然身罹癆疾，無法自立更生，玉卿嫂潛在的扮演母親兼大姊的角色。一旦這種角色被第三者剝奪，由愛轉恨的殘酷事實爆發也極其自然。當第三者金燕飛介入時，局面難免不會變成「要是你變了心的話——我是饒不過你的。」「要是你不要我，——」的恐怖下場：手刄對方然後自盡。白先勇對語言的駕馭，可謂入木三分。

「慶生的臉是靑白色的，嘴唇發烏，鬈鬈的髮脚貼在額上，兩道眉毛卻皺在一起。他的嘴巴閉得好緊，嘴唇上那轉淡靑色的鬚毛還是那麼齊齊的倒向兩旁，顯得好嫩相。玉卿嫂一隻手緊緊的挽在慶生的頸子下，一邊臉歪著貼在慶生的胸口上，連她那隻白耳墜子也沾上了慶生喉嚨管裏流出來的血痕。她臉上的血色全褪盡了，嘴唇微微的帶點淡紫色。她的眉毛是展平的，眼睛合得很攏，臉上非常平靜，好像舒舒服服在睡覺似的，慶生的眼睛卻微睜著，兩隻手握拳握得好緊，扭著頭，一點也不像斷了氣的樣子，他好像還是那麼年輕，那麼毾毿，好像一逕在跟什麼東西掙扎著似的。」

Ⅲ

有人認爲使用全能敍事觀點（point of view）白先勇最能發揮他的語言潛力，而讓讀者拍案驚奇。因爲全能敍事觀點的背後，便是作者的意向。而全能敍事觀點是作者以自己的口氣替書中人物說話。因爲白先勇是一位主觀意識強於客觀意識的批評嘲諷的小說家。類似的論點如果是針對「臺北人」的一系列短篇小說，自然首肯無疑。因爲白先勇的「臺北人」的情節、人物，無非是一羣被時間淡忘、「枯萎陳腐」而苟延殘喘的上流社會衆生相。可是如果是針對白先勇早期童年回憶類似的「玉卿嫂」小說，恐怕相當值得商榷而保留。因爲「玉卿嫂」不是全能敍事觀點的小說，白先勇既沒有像「梁父吟」、「歲除」的利用人物的對話引出，他也沒有像「遊園驚夢」、「寂寞的十七歲」使用複雜的意識流（Stream of Consciousness），或簡單的倒敍法（Flashback），白先勇的「玉卿嫂」使用的僅僅是傳統的直敍法。簡單徵引兩段「玉卿嫂」的對語，證明不是全能敍事觀點，白先勇的語言駕馭能力仍屬曠世奇才。（因爲前面說過「玉卿嫂」發表時，白先勇年僅廿二、三歲。）

「到那裏去來？」

「往水東門外河邊上蕩了一下子。」

「去那裏做甚麼？」

「我說過去蕩了一下子。」

「去那麼久？」

「一個人——？」

「這是什麼意思？當然一個人！」

「我是說——呃——沒有遇見甚麼人吧？」

「沒有！」

「跟什麼人講過話沒有?」

「沒有!」

「眞的沒有?」

「沒有!沒有!沒有!」

……

「我要出去一下子!」

「不要出去。」

「我要去!」

「不要——」

「你要到那兒去?」

「不、不——你今天晚上無論如何不要出去。聽我的話,不要離開我,不要——」

除玉卿嫂與慶生對話外,將一切場面敍述全部刪除,僅僅使用平淺的白語,調語卻逼眞而踏實,就像電影如果將映像全部抹去,僅僅保留對話,觀衆照樣可以窺知故事的來龍去脈。

IV

有人批評「玉卿嫂」的結構比較鬆散,若干能使故事「豐潤」的細節卻又與小說主題沒有貼身入微的切要關係，似乎白先勇無法控制太多要說的話。這種論點恐怕也值得商榷。因爲白先勇的「臺北人」的十四篇小說公認奠定他的文學史地位。他的廿萬言的長篇小說——「孽子」也在「現代文學」連載結束。不管說他是「最後的貴族」也好，說他是「殯儀館裏的化妝師」也好，顯然都無法輕易動搖他的成績。同樣的故事古今中外不知重覆吟詠多少篇章，可是有些寫進歷史，有些卻被時間淘汰。白先勇就曾經說：「一個作家最重要的關切，不在於寫什麼，而在於怎麼寫。一篇作品的成敗，不在於題材的選擇，而在於表現的手法。」

參考論文：

一、「白先勇論」（夏志清）
二、「白先勇的語言」（顏元叔）
三、「白先勇筆下的女人」（於梨華）
四、「『謫仙記』序」（歐陽子）

依長篇小說的觀點檢視陳若曦的「歸」

I

歷來對長篇、短篇小說的範疇，衆說紛紜，莫衷一是。但是有一個幾乎沒有異議的定論——字數的多寡絕對不是決定長篇、短篇小說的範疇的唯一條件。一本長篇小說無法細分成很多章節的短篇小說。研究小說的專家論著將長篇、短篇小說歸納成幾項雖說比較抽象卻讓人容易抓住肯綮的要素。他們認爲長篇小說傾向散文的敍述、描寫與對話，企圖達成淋漓盡致的效果。而短篇小說比較注重抒情詩的啓發、暗示與隱喩，企圖造成餘韻無窮的氣氛。長篇小說常常是描寫個人投入社會的萬花筒。而短篇小說則常常是表現個人游離於社會的邊緣。換句話說，長篇小說個人接近社會，注重個人在社會習俗裏的穩定關係。而短篇小說個人接近自然引發的強烈的孤獨感受。長篇小說的作者通常描繪他們知道的，或曾經體驗的事件，而短篇小說應該是無始無終暗示詩意多於情節陳述。

不管長篇小說抑是短篇小說的主題都可以概括爲主角對於人生意義的探尋。爲探尋人生的意義，小說的形式往往是一種無法分割的過程。有人更強調小說的功能在探討自我的形相，表現一個不完美的角色在時代、環境（一般稱爲「時空」）不停地追求完美的企圖。於是角色與時空的衝突造成小說情節的動力。小說的整個情節必須由彼此的因果關係組成牽一髮而動全身的有機體。而將情節安排有井然秩序且有豐富的戲劇性，必須有獨具遴選、塑造和推展等慧眼。而情節的材料龐雜萬端，可以是個人體驗，可以是歷史的史事，更可以是觀念與理由。而無論是具體或是抽象，無論是長篇抑是短篇小說，都不應該有完成或結束。偉大的小說家，他們的寫作往往類似音樂的開放流動，讓音符般跳躍、延伸。而一部長篇小說必須製造一連串的刺激。刺激引發衝突造成懸宕。而作者利用人物事件的許諾更可激發讀者的好奇，提高讀者閱讀的胃口。

有人說：「文學的偉大不能僅憑文學的類型而決定。」雖然亞里斯多德的「詩學」強調史詩與悲劇。雖然在文學類型的歷史，小說比史詩、悲劇年輕，可是誰都無法否認目前小說滙成文學類型主流的事實。而近代小說幾乎都屬於長篇連載。長篇小說本身的每一章節又幾乎自成一個整體，卻又類似短篇小說。

II

陳若曦的長篇小說——「歸」，她自謙說：「越看越不滿意」、「感到首尾難以照顧，有些力不從心。」與她的「尹縣長」、「耿爾在北京」等短篇小說比較，「歸」顯然略遜一籌。但是「歸」畢竟是長篇小說。誰說過：「衡量一個作家的作品，最主要的資料，當然是長篇。」寫作長篇鉅著，除作家本身的才具外，顯然更應該有廣博的見聞，和深刻的人生體驗。陳若曦說：「這篇故事雖然很大一部份是根據自己的親身經驗寫成，但主要是小說創作，並非自傳。」又說：「書中很多角色也取材自作者的熟人和朋友，但角色的言行也祇是作者的安排，與他們本人無關。」既是不是自傳，角色的言行又經作者刻意的安排，當然毫無疑問「歸」可以考驗陳若曦的才具。

「歸」的故事，說得比較嚴肅，不妨當成「史詩」，沒有隱喻、象徵等曖昧難懂的窒礙，無庸多費筆墨詳細置喙。今僅試圖從「歸」幾個角色言行的細節，詮釋幾件瑣碎的平凡的人生體驗，也許被歪曲、被壓抑，原本極爲瑣碎平凡的，卻顯得突出耀目。就以「愛情」來說，男女相悅本是天性，悲歡離合原是人生因緣。如果有第三者不是因爲感情而是其他因素的干涉，當事者的雙方難免不平，難免嘖嘖煩言。「歸」的林衞東和葉秀春是「樹幹上爲他們背負著姓氏年月，默默做著見證。」山盟海誓的伴侶。葉秀春被迫繼續給從前的男友寫信。至於林衞東不再理她顯然不是愛情褪色。因爲葉秀春喜歡林衞東，她有沉著而堅定相信林衞東也喜歡她。男歡女愛卻被指斥爲「一年土、二年洋、三年不認爹和娘。」怪不得葉秀春滿腹不滿的牢騷向女主角辛梅傾吐。

「辛老師，我已經足足二十三歲了，喜不喜歡一個人，自己還不清楚嗎？」

「要是不能跟我愛的人在一起，念再多的書也沒意思。」

原本脆弱的辛梅也被瓦解，竟然附會她說：「愛情不是憐憫，也不等於政治，不能拿來施捨或交易的。」

其次，再以「知識分子」來說，所謂知識分子「不可以不弘毅，任重而道遠，仁以爲己任不亦重乎，死而後已不亦遠乎？」而專精的知識培養不易，唯有人盡其才專精的績效才能高度的發揮。否則便是浪費人才。雖然強調「理論與實際相結合」，強調「留學生回國爲人民服務」，可是若干政策性卻背道而馳，像「拼命叫知識分子做農民，又挖空心思讓農民來當知識分子」，像「一邊氫彈上天，一邊扁擔在肩。」像「外行領導內行」等矛盾，讓知識分子無所適從，於是陶新生的本行是氣象，卻讓他搞水利，因爲「水就是流體。」一面高唱「理工科大學還是要辦的」一面卻一再貶低知識分子，輕視知識價值。言論批評本是知識分子責無旁貸的傳統，如果因爲某種因素而唯唯諾諾，那豈是知識分子的本色。在機械劃一的領導原則，「黨叫幹啥就幹啥」「領導怎麼說，我們也跟著說。」「只有不說話，不管任何閒事，才是生存之道。」等機械呆板麻木的生活敎條，造成知識分子對未來的惆悵，往往以沉默代表抗議。就像陶新生「凡事只是聽著，不順耳的就皺起眉頭。回家自己長吁短嘆，因此眉頭越鎖越緊。」「眼睛一刹那間出現空洞漠然的表情。」「眉眼間隱隱約約的一份鬱鬱寡歡。」就像有一次保育員問何老師的大兒子非非：

「你爸爸讀毛主席的書嗎？」非非童言無忌的回答說：「他一拿起毛選，看一眼就睡著了。」因爲如果說眞話，下場不難預料。

最後，談談陳若曦對角色命名的反諷。陶新生原名陶承志，到底有沒有繼承革命的大志呢？因爲回國參加社會主義建設，個人如同再生一般，改名爲陶新生，事實上他有沒有再生呢？陶新生、辛梅夫婦的兩個孩子分別取名爲陶煉、陶冶。結果有沒有在革命的洪爐裏冶煉呢？林衞東有沒有以個人生命捍衞毛澤東呢？林承志是不是永遠忠心耿耿於祖國呢？黨委書記胡非是不是眞的胡作非爲呢？……姜貴的「重陽」的結尾，也有一段令人啼笑皆非的命名插曲。

「你叫什麼名字？」

「我叫『打資』。」

「你叫什麼？」朱廣濟聽不明白。

「就是打倒資產階級的那個打字和資字。」

「怎麼叫這樣一個名字？」

「我原叫『達志』，學校裏閻隊長給我改的，閻隊長眞革命。」

「你姓什麼？」

「我從前姓李，閻隊長給我改了姓列。」

「改了姓什麼？」

「列寧的列字。我現在和列寧同姓，我和列寧是一家人。」

III

「歸」的主題，書中人物小馬替陳若曦講得一清二楚。小馬說：「我很想老老實實地寫出我們這一代青年在文化大革命中的遭遇。我們當初抱的什麼理想，後來又怎麼受了挫折。我不想套任何敎條和主義，只想忠實地記錄下來我們的奮鬪和徬徨，研究理想爲什麼歸於幻滅。」事實上，陳若曦就一再說如果她有時間和能力的話，她願意眞實地將「文革前後這一段時間的中國橫斷面刻劃。」因爲她有意將那有如地獄般的七年，當爲鬱悶來排遣。於是她一再強調堅持的寫作原則：「寫自己熟悉的人和事，力求客觀眞實。」「但求言之有物，用樸實的文字敍述樸實的人物。」她的寫作無非是替這些人物的遭遇和苦悶作披露和抗議。陳若曦有沒有達成她的願望姑且不論，她是有決心去企圖達成，顯然是毫無疑問的。

哲學的囈語

——七等生的「離城記」

在研究七等生小說的無數評介論文，目前比較被接受的是高全之的「七等生的道德架構」。他將七等生建立個人道德架構的過程與結果，分成人我對待關係背道而馳、兩性關係和人我對待關係相互關聯等三項。接著高全之又詳細將人我對待關係背道而馳分爲㈠有意自異於世，並視自我以外「生活中普遍的一切」，爲截然可一分爲二的客體世界。㈡不主張人爲信仰彼此爭鬪，並崇向不受人擺佈的自由。㈢疑懼外在世界計劃迫害。將兩性關係分爲㈠男人需要獨立自由，和滿足性慾。而女人被視爲男人獨立自由的侵略者。㈡就婚姻而言，妻子被視爲丈夫洩慾的對象。㈢妻子供養丈夫，讓丈夫從事文化活動、藝術創作。㈣妻子要忍受丈夫的冷漠和虐待。將人我對待關係相互關聯分爲㈠強調「個性的尊嚴」、「自發的精神和奮鬪的生命力」，並且似乎崇尚勞工羣衆的生活。㈡肯定屬於少數人的友情、愛情、事業和鄉土感情。㈢強調心靈自由者的責任感，並指引文化開拓的方向。不管高全之的評介能不能含蓋七等生小說的全部風貌，顯然對七等生的小說抱著「撲朔迷離」、「奇怪的推理過程」，甚者認爲他的文字不合語意、用語、語法的規則和習慣的讀者提供一條突破迷津的道路。

七等生認爲代表作家作品的生命是文句節奏的特徵。他認爲嚴肅的創作，絕對不可反覆地抄襲老調。他更強調對文學創作的評介，僅僅只是對作品的一種必要的意義延伸，而不是直接去解釋原作。原作本身沒有必要第三者再加以解釋，作者本人也不情願接受他人的意義引伸和解釋。他更強調寫作必須做到絕對的自由和獨立的人格，否則毫無意義。

* * * *

「離城記」的整個小說情節架構，依據金沙寒「釋七等生的『離城記』——不完整就是我的本質」的分析，認爲沿循三條路線進行㈠詹生與高漢、㈡葉立和他的家族親人和㈢李在平和單教授代表的社團關係。其餘的人物——賴君、愛珈、惠蘭等只是扮演陪襯的角色，喋喋不休詮釋七等生的哲學。讀者能夠掌握小說的軸心，自然能夠撥開「離城記」的表面迷霧。

「離城記」就像七等生所說的「一個作品——就是一個作者的自我解剖或者自我瞭解一樣。」可是如果沒有讀七等生以前的作品，「離城記」顯然有過份簡陋的殘缺。因爲七等生一再強調每一件作品只代表他的整體的構成單位。這些構成七等生小說的單位如果單獨存在便無法窺測他的小說面目的全豹。而七等生表達的小說形式正是他的整個思想結構。他的小說題目、句法、人物、情節甚至筆名等僅僅是形式。

「離城記」初稿完成於一九七二年春天，七等生有意擺脫所謂被人讚譽爲處處盡責的作家，而不願在日漸趨於一式的寫作範疇被扼殺，於是他冥想在「沒有人注意或有意疏忽的角落」的狀態，撰述一組非眞實的人物和場面，企圖完成他的「整個的感受」企圖。雖然七等生或許對「離城記」期望殷切，然而就客觀而言，實際「離城記」顯然與期盼仍有相當程度的差距。他詮釋的個人道德架構，仍舊沒有突破以前的窠臼。「離城記」的副題——「不完整就是我的本質」依據金沙寒的解釋「不完整」本身無法絕對自足、獨立，必須仰賴本身以外的若干條件。而這些條件又正是人的存在無法擺脫的基本困境。讓我們檢視七等生「離城記」的幾段文字：

「在你認爲不合理的地方，正是我賴以生存的理由。這雖非我的哲學，但我相信眞理似乎不在你那邊。我生存的理由與你一樣是爲了宇宙的平衡，但義務是由我內心自定的。」（頁廿一、一九七三晨鐘版）

「這還不是個全是人的世界。人還未主宰這個世界，也還未主宰他自己。人是在感傷中活著。」（頁四八）

「你知道我一點職責都沒有，我生來就像一個幻影在城裏浮生游走。我離城對別人而言無法構成印象，對我而言卻是一種珍貴的選擇。」（頁六五）

比起「沙河悲歌」，無論時間的界定、人物的刻劃、情節的安排，「離城記」顯然有刻意撲朔迷離的嫌疑。七等生個人認爲寫作必須重視「發現式的創造意念」而不必鋪張誇飾繁富的描寫，或許有他內心而獨特的理由，可是他也曾強調：「一個作者不是寫他很熟悉的東西、很清楚的東西的話，這種文學就沒有價值，就不眞。」（見「沙河的夢境和眞實」）問題癥結在七等生熟悉的東西不等於讀者熟悉的東西，七等生清楚的東西也不等於讀者清楚的東西。於是七等生和讀者的溝通有距離，甚者造成隔閡。

「離城記」依據七等生自白，曾遭「中外文學」的排拒而退稿，因爲文法不合理，主題的隱藏，可是卻顯示當時「中外文學」的主編胡耀恒的勇氣。因爲眞正有熱心和創意的文學刊物，似乎不必去計較顧忌社會關係，尤其是飲譽文壇的成名作家。七等生的摯友雷驤曾對七等生產生懷疑「一個本國語認識不徹底的人如何去從事寫作？」也曾經不信「一個外國語也沒有任何修養的人又如何去鼓吹現代文學？」。在「芒刺」裏雷君更坦陳指出七等生的小說是「各類文化殘羹胡亂吞食的結果。」是「一知半解的異國習俗文化之曲意搜求」等無情的評語。而劉紹銘也曾指出七等生的小說是「失望、迷失方向和缺少對未來信心的一種不自己的表白。」七等生對這種指責似乎不掛意，他認爲這只是一般評介者偏激的意識，根本沒有站在原作本身的角度透視文學的主題。而僅僅顯示評介者個人急切的願望無法獲得滿足的一種發洩。

不管誰是誰非，反正作品才是唯一見證者。

參考資料

一、「七等生的道德架構」（「中外文學」四二期）
二、「不完整就是我的本質——釋『離城記』」（「書評書目」八二期）
三、「沙河的夢境和眞實」（「臺灣文藝」五五期）

讀「中國現代小說史」中譯本

I

誰都知道，翻譯是一件喫力又不討好的工作，因爲譯者畢竟要兼顧讀者與原著的責任。而我們的翻譯界有一怪現狀，一部經典鉅著肯花費工夫、細心咀嚼、逐字推敲去翻譯的，寥寥無幾；而一旦有中譯本，尤其是暢銷書，便一窩蜂搶譯。更不可取的現象是往往時有作者編譯，或是數人合譯的狀況，卻沒有詳細註明原著的來龍去脈，或是縷析臚列章節是誰的譯筆。而「中國現代小說史」中譯本，雖說是多人的集體譯作，卻仿照歐美集體翻譯的體例，那些章節是誰負責，在該書的序文或目錄都有詳細而醒目分別標出的交待。像「張愛玲的短篇小說」和「評『秧歌』」原是夏濟安根據「中國現代小說史」的一九六一年初稿譯出，與根據一九七一年增訂本譯出的中譯本，彼此的譯文與段落都有或多或少的出入。而且夏濟安也沒有將最後評介「赤地之戀」一節譯出，編譯者劉紹銘特別加註該節是他補譯。僅舉一例，不難想像他們對翻譯工作的負責。類似

「中國現代小說史」嚴肅的專家著作，既沒有一般暢銷書有暴利可圖，也無法沽名釣譽，除不法宵小的盜印外，我想不會有第二種中譯本出現。而且類似「中國現代小說史」嚴肅的專家著作的翻譯，不可能像翻譯暢銷書僅憑一時心血來潮的衝動而率然操觚。翻譯嚴肅的專家著作，如果沒有系統、周詳的妥善計劃，往往不是半途輟筆，便是草率了事。而「中國現代小說史」的中譯本的編譯者劉紹銘從籌備到定稿，前後費時將近十年，這種慢工出細品的做法，無非是期待譯文的錯漏能夠減少到最低的程度。「中國現代小說史」中譯本的譯者除夏濟安、劉紹銘外，尚有李歐梵、林耀福、思果、莊信正、水晶、董保中、國雄、譚松壽、舒明、丁福祥、陳其愛等人，而劉紹銘又負責校改全部譯稿。因爲不諳外文，對譯文的功過巨細，筆者不敢妄下斷語，但是譯者秉持「一個翻譯家的主要任務，如果不是爲了保存原著的精神和風格，那是什麼呢？」（夏志清語）的原則，他們的譯文儘量要求忠實暢達，避免歐化的詰屈聱牙。在我們龍蛇雜陳的翻譯界，像「中國現代小說史」中譯本的工作態度，恐怕還是一項創舉。另外據說港版的「中國現代小說史」比中譯本多人名索引外，彼此的譯文也有出入。而中譯本除保存原著的「註解」外，「參考資料」、「人名、書名中英對照表」等附錄全部刪除沒有譯出，對讀者與原著不能說不是一件重大的損失與遺憾。

II

像「中國現代小說史」如此專門課題的寫作，難免有重重困難。舉個淺例，要分析小說，便要引證原文，而因爲小說原文的字數與詩歌，散文的差距簡直無法計算。退而求其次，只能粗略的抽樣詮釋作家從事創作的思路與技巧，但是既然是粗略的抽樣，便無法窺測小說的全豹，容易導致評介的偏頗。儘管有劉心皇的「現代中國文學史話」、尹雪曼編的「中華民國文藝史」、周錦的「中國新文學史」、李輝英的「中國現代文學史」、和司馬長風的「中國新文學史」等專家著作，對從文學革命到六十年代中期文化大革命階段的小說，都有或詳或略的評介，可是毋庸置疑的，「中國現代小說史」截至目前可說是同類專書出類拔萃的鉅著。因爲三四十年代的作品國內幾乎尚未重印，而那時活躍的作家目前又幾乎全部淪陷中共鐵幕（死者不計），他們雖年屆垂暮，也只能沉默的虛度殘年，他們既沒有自傳，也沒有回憶錄，恐怕私人的書信、日記都散佚殆盡。讀者無法接觸三四十年代的作品尚在其次，令人深憂的是一般批評家往往看不起三四十年代的作品，於是要批評、要研究實在有多層障礙。而「中國現代小說史」的作者夏志清認爲文學史家的首要工作是「優良作品之發現和評審」，雖然是標名小說史，對那一階段的詩歌、散文、戲劇等都有要言不煩的評介。雖然「中國現代小說史」對小說家的作品以介紹爲主，評論爲輔，可是作者爲讓讀者對那一階段的小說有比較完整全貌的深刻認識，對那一階段小說的功過得失有比較深刻的了解，往往在討論小說家的作品外，對有關文藝思潮、文藝團體、出版界的動態等外圍環境他也不忽略，雖說超軼小說史的範疇，卻可避免評介流於空疏。夏志清認爲一部文學史不能因爲政治或宗教的立場有任何偏差，而影響獨到看法的價值。他更強調文學史與參考資料的編纂方式是不可同日而語的兩件事。編纂參考資料當然可以貪多無厭的求全，當然可以寧缺勿濫，有時甚者愈是齊全愈感方便。但是文學史卻不可僅僅類似流水帳式的報導。他認爲一部嚴正的文學史不但是爲當代人寫的，也應該爲後代提供最嚴謹的鑑別。既然撰寫文學史是如此任重道遠的工作，作者唯有專注全力以赴。

Ⅲ

「中國現代小說史」是第一本專論中國現代小說的嚴肅英文著作。計分初期（一九一七年——一九二七年）、成長的十年（一九二八——一九三七年）、抗戰期間及勝利以後（一九三七——一九五七年）等三編，細分爲：㈠文學革命、㈡魯迅、㈢文學研究社、㈣創造社、㈤三十年代的左派作家和獨立作家、㈥茅盾、㈦老舍、㈧沈從文、㈨張天翼、㈩巴金、(十一)第一個階段的共產小說、(十二)吳組湘、(十三)抗戰期間及勝利以後的中國文學、(十四)資深作家、(十五)張愛玲、(十六)錢鍾書、(十七)師陀、(十八)第二個階段的共產小說、(十九)結論等十九章，另外有三章附錄㈠一九五八年來中國大陸的文學、㈡現代中國文學感時憂國的精神、㈢姜貴的兩部小說。除標題幾個重要的小說家外，像周作人、葉紹鈞、冰心、凌叔華、許地山、郁達夫、丁玲、蕭軍等人全列爲評介的對象。而除文學研究會、創造社外，幾個文藝團體及出版的刊物，像新月派、中國左翼作家聯盟、太陽社、「小說月報」、「新月」、「論語」、「人間世」等全有提綱挈領的勾繪。「中國現代小說史」的撰寫結構，大抵是每章有概括全體作家的總論，然後是重要作家的個論，章節的文字長短有相當的差距，有長達五十餘頁的「抗戰期間及勝利以後的中國文學」，也有短僅七八頁的「吳組湘」、「師陀」。而且作者的寫作原則一再要求至少將要評介的小說家的全部作品或大部粗略涉獵，完全是第一手資料，儘量不引據他人的批評、研究。他認爲有些文學史家雖然選擇小說家的一兩篇作品來評介的態度是無可厚非，可是如此顯然難於令人心服。「中國現代小說史」當然有「選既選得有眼光，分析得更是鞭辟入裏」、「敍述與論斷顯示作者目光如炬、俯瞰全局」（彭歌語）等前揭諸書無法企及的地方。可是無庸諱言的「中國現代小說史」也有少數不可否認的瑕疵，像作者因爲堅定的反共立場，對於評介的作家難免有矛盾、有偏見，但是與王瑤的「中國新文學史稿」、丁易的「中國現代文學史略」、和劉綬松的「中國新文學史初稿」等對一般被中共清算作家語焉不詳的評介及對政府遷臺後的情況片語隻字不提比較，「中國現代小說史」顯然作者並沒有因爲彼此政治意識型態立場的不同而抹煞左翼作家應有的成績和該得的位置。夏志清原來計劃從事撰寫一部中國現代文學史，一則他一向專攻英詩，再則他從沒有正式主修過任何小說的課程，他後來會轉向專攻小說史的課題，肇因於他對十巨册的「中國新文學大系」有關詩歌、散文的個別討論實在沒有興趣，而深深覺得小說的成就最讓人滿意。而他本身又是個西洋文學研究者，因爲平時對廿世紀西洋小說大師像普魯斯特、喬伊思、福克納等都耳濡目染，難免對五四運動前後——三四十年代小說的寫法感覺有淺露的遺憾。他更明白指出這種淺露的缺點並不能全部歸咎當時一般小說家的技巧幼稚或不夠成熟，而是當時一般小說家對人對事的看法不夠詳盡深入，尤其對小說人物深一層的心理狀況顯然沒有深刻細緻的去描繪、去挖掘。他更強調小說人物深一層的心理狀況描繪挖掘深刻不深刻，細緻不細緻的問題尙在其次，最重要的關鍵是當時一般小說家對人間普遍道德問題的了解，沒有對讀者提供比較合理看法的交待。像十九世紀後半期托爾斯泰、杜思妥也夫斯基等偉大的小說家，他們的小說主題，幾乎都是環繞在人與人彼此間永恒尖銳的衝突矛盾，因爲他們企圖表達那將永遠耐人尋味的道德問題，而且又表達相當突出。雖然「中國現代小說史」論章節、頁數都相當厚重，可是夏志淸也深深感覺若干評介有失公正，有些章節需要增補，有些作家又需要專章來評介等不可忽視的缺點，而且對晚淸、民初小說也沒有詳細討論，針對這些疏忽，他決定計劃另外撰寫一部「抗戰期間的小說史」。

Ⅳ

不容否認的事實，小說在傳統文學的地位往往被忽視。粗讀「中國現代小說史」後，筆者不揣淺陋，試圖將作者認爲造成小說被人忽視的原因歸納說明：㈠傳統的根深蒂固偏差，往往重視經史子集，而忽視小說。因爲科擧制度的層層束縛，急功近利者對仕宦趨之若鶩，皓首窮經，迫使小說的成長呆滯遲鈍，因爲小說無法達成他們功名利祿的心願，根本無法提高他們閱讀小說的興趣。翻遍小說史，不難發現小說的作者如果不是仕途無門，往往便是隱逸田園，他們創作小說的動機純粹沒有爲提高個人社會地位的企圖，（事實上，任何人不管他的階級與地位如何，都值得我們同情與了解。）他們更沒有將創作小說當爲文學藝術來處理。他們只是將小說的創作，當爲個人情緒的抒遣。既然是情緒的抒遣，表達方式便無法客觀，往往不時羼雜己見，有時因爲個人情緒的干擾，往往無法有淋漓盡致的發揮。換句話說，小說只是淪爲作者陶冶性情的「自娛」工具。㈡傳統還有另外一個根深蒂固的偏差，往往將小說當成批評社會的工具。小說的作者往往意氣將小說的題材焦點放在暴露社會貧富懸殊，彼此分配不公，或是爲擺脫傳統枷鎖，改革社會現狀而期待社會的完美、幸福。其實像這種義憤填膺、大張撻伐式的批評，常常停留或囿制於「報導」的層次。而報導式的批評，既無法鞭辟入裏深刻去探索人性的深處，更無法擺脫種種膚淺表面的現狀，結果小說的創作只是有恩情偏見而略帶皮毛的人道主義的變型。而這種變型的人道主義，他們只是帶着人道主義的面具，根本無法將人性的眞諦全面去刻劃、提昇。如果稍具理智的作家，他們尙能抑制個人的本能，將小說的創作爲社會提供服務，等而下之，那些情緒型的作家既然無法駕御個人的本能，小說的創作往往淪爲色情、暴力而無法自拔。㈢對道德意識與宗教信仰缺少深刻的洞識，更是小說作者的致命傷。因爲小說的作者經常受流行的道德意識左右，往往無法超越有時代背景色彩的思想模式，對道德意識的探討往往只是如法泡製。有時爲配合那種富麗堂皇、冗長沉悶的談理說教思想模式，不惜將小說的主題腰斬，最淺顯的例子，便是有些小說的作者僅僅是畫蛇添足將前代的故事重新改頭換面，那種千篇一律淺薄的趣味和零亂的組織，只要稍爲對小說有接觸的讀者，都不難一眼就窺測作者抄襲或剽竊的蛛絲馬跡。其次小說的作者對宗教的信仰，往往還停留在「因果報應」的迷信層次，既沒有對「原罪」提供任何的詮釋，對有關善惡的衝突也沒有詳細的解說，因爲對宗教信仰不感興趣，一味推崇理性，摒除傳統的宗教信仰，往往受種種牽制而無法有進一層的發揮，等而下之的小說作者便是逃避。㈣最後便是一般小說的作者對於外國作家只是拚命吸收他們的思想，只是對他們的知識表示同情與支持，對於外國作家的藝術技巧的了解尚屬其次。因爲忽視藝術技巧，小說的創作往往只是按部就班的平舖直敍，格調機械類似插科打諢，結構生硬幼稚，有時過份矯揉做作，造成情節的推展遲緩，根本沒有跌宕的氣氛。因爲結構的無法緊湊，顯得情節支離破碎，根本無法將小說的觀點戲劇化。而忽視藝術技巧，小說的創作往往又囿制於想像，沒有想像力當然無法激發敏銳的觀察力。永遠停留在印象式的浮光掠影，遂使他們無法將粗淺幼稚的文字運用提高到深切圓熟的層次，無法將呆板單調的意象凝鍊爲栩栩如生的境界。而只是繁冗拖沓、叨叨絮絮的故意彫琢，始終無法有短峭簡鍊、鋒快直截、要言不繁的乾淨要求，如此的小說又怎能激起讀者的共鳴呢？

V

海外許多專家學者，爲從事教學的需要，以外文撰寫的論文專著，而後又被譯成中文，除「中國現代小說史」外，犖犖大者便有劉若愚的「中國詩學」（杜國清譯）、「中國人的文學觀念」（賴春燕譯）、馬幼垣和劉紹銘合編的「中國傳統短篇小說選集」等，雖然編著以英語讀者爲優先考慮對象，但是因爲「內容堅實、識見卓越」（黃維樑語）對本國的讀者，仍然有相當的裨益。我們更期待夏志清的「中國古典小說」，柳無忌和羅郁正的「葵曄集」、王靖獻（楊牧）的「鐘鼓集」等，不管是別人翻譯，或作者自譯的中譯本能夠早日出現在讀者面前，毫無疑問的那將是作者與讀者的一件可喜可賀的盛事。

七十年元月「幼獅文藝」三二五期

從兩本中譯書談翻譯界

我們的翻譯界有一怪現狀，一部經典鉅著肯花費工夫、細心咀嚼、逐字推敲去翻譯的，寥寥無幾。一旦有中譯本出現，便一窩蜂搶譯，盛況雖說是空前，卻也暴露翻譯界的隱憂。殊不知一部經典鉅著是作者苦心孤詣、焚膏繼晷，費盡終生心血，而有意「藏諸名山，傳之其人」的。如果譯者對一部經典鉅著的內涵脈絡沒有通盤徹底的了解，對引證的書目沒有過目，或是雖曾過目卻沒有進一步去追尋閱讀，有時難免會誤譯，嚴重的還會「牛頭不對馬嘴」的離譜。另外，我們的翻譯界，對一般「暢銷」的作品，又顯得特別敏感，爲虛名暴利所誘惑，有時一種暢銷書，居然有七、八種中譯本。而一般艱深難譯，對社會讀者有迫切需要，但又可能滯銷的著作，卻遲遲不敢貿然動手。據說鄰近的日本，翻譯他國的作品是神乎其速的，拋開譯文的優劣不講，這種態度總是值得我們的翻譯界借鏡的。

雖說「慢工才能出細品」，但是「牛步化」的翻譯也是不足爲法的。一本經典鉅著居然在問世後將近三十年才有中譯本，我們的翻譯界，如果說不是懶惰，便是落伍。對西洋文學稍爲有接觸的讀者，對 Rene Wellek & Austin Warren的"Theory of Literature" 相信都耳熟能詳。以前在一般較有文學水準的刊物，曾見一鱗半爪，斷簡零篇的譯文，而在一般較嚴肅的文學理論批評著作，如王夢鷗教授的「文學概論」，姚一葦教授的「藝術的奧秘」也都引證不少該書的資料，但終難免有「難窺全豹」的缺憾。而且一部經典鉅著都是作者嘔心瀝血的文字，取材佈局，構架遣辭都是作者深思熟慮，且有脈絡可尋。如果讀者沒有將該書從頭到尾逐字推敲閱讀，是很難窺其菁華神髓的。最近"Theory of Literature" 的中譯本總算在讀者望眼欲穿千呼萬喚才姍姍誕生，且又是「雙胞胎」。一是王夢鷗、許國衡合譯的「文學論——文學研究方法論」，一是梁伯傑譯的「文學理論」，兩者都是根據一九六三年原著第三版迻譯的。筆者學識譾陋，又不諳外文，對於兩者譯文的良窳，不敢妄置其喙。僅願就一些題外細節，攄舒個人的淺見。「文學論」的譯文，在「文學季刊」「幼獅文藝」都曾時續時輟刊載。約在一個月前報章刊載該書預約的啓事，而「文學理論」卻搶先出書。但是細心的讀者若將兩者譯文稍加比較，便不難發現「文學理論」草率的弊病。

「文學論」將著者原序、第二版原序、第三版原序譯出。三篇原著序文讓讀者知道該書出版於一九四八年。全書分五篇二十章。再版增加一些與爭論有關的，以及文學理論發展的新資料，且儘量將一些難以獲得的書刊刪除，而以新的書目替代。另外最後一章：「大學研究院的文學研究」，因爲時過境遷，不切實用依讀者建議而剔除。又讓讀者知道該書已有西班牙、義大利、日文、韓文、德文、葡萄牙、希伯來以及印度的古吉拉特等多種譯文。該書再版、三版在篇目上雖然沒有大幅度的更動，不過每一版都有更正、增補和刪節。而且有些觀點，作者另有引伸擴充，也都在註釋中加以說明。而「文學理論」卻付諸闕如。其次，「文學論」將註釋部份逐條譯出，且將原文保留，讓讀者便於對照參考，且將註釋附在每頁後面，讀者易於閱讀。而「文學理論」將極有參考價值的註釋全部刪去，而僅在每章後面附上譯者個人主觀的「譯註」，簡略說明幾個人名和專有名詞、術語。這種「譯註」對初次接觸該書的讀者，收益恐怕微乎其微。「文學論」書後並附有英漢對照人名索引，依照ABC字首排列譯出人名，且註出引用人名的頁數，查索簡便。「文學論」前面更附有一篇對讀者極有裨益的「譯者序」，從「譯者序」讀者不難悟出原著者寫作該書的旨趣：「文學研究必須由文學本身著手」，「把文學理論與價值評判融合於文學史與文學作品的研究裏面。」從「譯者序」讀者又知曉雖然該書是韋勒克、華倫兩人執筆，但是敍述的體系是一致的。作者雖採取批判的態度敍述與文學有關的問題，但又從不將自己的意見積極的插入，使得原著保有明朗清晰的風格。他們一方面釐清文學和非文學的畛域，說明文學有關的課題，但是也只限於彼此相輔相成的關係，反對使用非文學的方法研究文學，且肯定認爲從文學本身研究討論著手，才是正規的途徑。譯者認爲原著組織的緜密、內容的富贍、作者態度的專精，和用力的精確，都可和我國文學批評瑰寶——劉勰的「文心雕龍」媲美。而「文學論」尤切合當前讀書界的需要。最後譯者更自剖研讀該書的見解，認爲讀者必要反覆思索，註釋的參考資料也不可輕易忽略，否則將陷於「似懂非懂」的困境。而「文學理論」的中英對照人名索引、譯者序，又都付諸闕如。

筆者不厭其煩引敍這些題外細節，絕無意苛責「文學理論」譯者的草率，也無意偏袒「文學論」譯文的詳實。在現實咄咄逼人，要搞文學這一行，除本身對文學應有的熱忱外，還要有毅力和勇氣。而要翻譯一部冷門的經典鉅著，更是一件喫力不討好的工作。譯者的心力本應贏得讀者的喝采與激賞。而譯者也應時時抱著戰戰兢兢的心情，力求忠於原著，保存原著的獨特風格。否則殘缺或錯誤的譯文，對讀書界的影響恐怕比沒有譯出原著，將會有更可怕的遺憾。

六十五年元月六日中央副刊

談文藝理論的寫作

從「文藝心理學」、「文學概論」、「藝術的奧秘」

一般創作者往往說沒有文藝理論，我們還是照樣能創作，你們懂得文藝理論，還是不能創作。而一般欣賞者也往往認爲文藝是不能利用科學方法加以分析的。縱然你利用科學方法將作品鉅細靡遺的手術一番，終究是「七寶樓台拆碎不成片段。」固然你不研究文藝理論，照樣可以創作，依然可以欣賞，可是文藝理論卻能告訴你藝術的本質，評價的標準，讓你能鑑賞藝術的眞僞，對於美醜能有理由加以詮釋。而一般創作者又常患有眼高手低的弊病，他時時刻刻要思索探討個人創作採取的內容與形式，如何將人性利用藝術準確表達，如何因「觸景」而「生情」。尤其目前藝術創作已經脫離「自然流露」而進展到「刻意雕畫」的階段。創作者固然能從個人實際經驗歸納系統，可是他或許就缺少耐心去冷靜分析創作的理論。如果創作者能稍爲涉獵一般文藝理論，那麼他對創作的看法，也許不再淪陷於褊狹或錯誤的死巷。

國內第一部研究文藝理論的專著，要推朱光潛的「文藝心理學」。當時坊間幾部有關藝術和美學的著作，往往以日文爲底本，份量又顯得可憐，而且行文又過分牽就原著的筆法，頗使讀者嘖嘖煩言。書名雖稱「文藝心理學」，討論的問題卻又都屬於美學的範疇。因爲該書立論基架完全是從心理學的觀點研究歸納結果的美學。朱光潛謙稱「文藝心理學」只是「補苴罅漏的工作」。

「文藝心理學」要闡明的基本學說是「形象的直覺」：

「凡美感經驗，都是形相的直覺。」

「形相屬於物，直覺屬於我。」

「在美感經驗中，我所以接物者是直覺，而不是尋常的知覺和抽象的思考。物所以對我的是形相，而不是實質，成因和效用。」

「文藝心理學」的原稿是作者負笈異域求學斷斷續續寫成，後來又在清大、北大講授數回，且時時推敲更改，時時增添資料。作者自剖個人的早期思想曾受「康德到克羅齊一線相傳的形式派美學的束縛。」後來因爲體驗人生是有機體，才修改以前將藝術品視爲科學、倫理、美感三種截然分開，彼此絕緣的錯誤看法。從而反對克羅齊派形式美學所根據的機械觀和所使用的抽象的分析法。

「文藝心理學」是斬荆伐棘的開山著作，雖然是介紹西洋近代美學的流派，卻又不是一般任意堆砌書名，人名，而讓讀者躊躇生畏的參考書。雖然廣徵博引中西各派理論，卻又不是徒事收集材料。作者取捨衡量決不武斷，見解也不淺狹。他有個人的看法，對於各派主幹支流的理論長短異同，隨時加以折衷引伸，然後再下斷語。樹立作者個人的立論基架，再直截了當引導讀者步入坦途正道。

「文藝心理學」更不像一般外文原著的翻版，作者也不時羼入中國的文藝理論系統，並不斷指陳未來的新方向，提供讀者採擇。更難能可貴的是「文藝心理學」對於抽象理論的解釋，不故弄玄虛的戲耍一些文字技巧。全書文字行雲流水，利用故事比喻，將讀者循循誘進較爲深奧煩雜的境界。有時板起面孔，有時又詼諧生趣，讓讀者不知不覺跟著作者走入藝術奧秘的殿堂。而且利用的故事比喻都是「能近取譬」、「深入淺出」，對於引用原著的語句，譯名，譯文都字字璣珠，毫不矯揉造作，讀者不會有閱讀教科書的索然無味，也不會因爲作者繁徵博引的推理與考據而讓讀者咬文嚼字減低閱讀的胃口。

「文藝心理學」書後附有簡要參考書目，就「目錄」、「重要原著」、「入門書籍」、「專題要籍」四大項，羅列三、四十本原著，讓初學者有門徑進一步研究參考。作者也不像一般誇耀學術淵博，有時動輒列出長達四、五頁兩三百種原著，讓讀者有「大而無當」的茫然。「文藝心理學」不但列出原著，順便也將譯名譯出，讀者摸索也稱簡便。

但是時隔四十年，新的理論系統層出不窮，有些古老的理論，顯然落伍而不合時宜，漸漸被修改或訂正，「文藝心理學」自有其不可避免的缺點。劉文潭教授在「現代美學」的序論，便坦直指陳「文藝心理學」有取材過於褊狹，立論與原著頗多不符，缺少系統的章節編排，理路也不明晰，作者又缺乏應有的哲學專長等若干項弊病。

「文藝心理學」縱然不能和西洋文藝理論的經典鉅著相提並論，但是該書發行的時間，坊間的一般文藝理論的文字都屬支離破碎，詳實精闢的專著尚付諸闕如，「文藝心理學」實不容輕易抹殺其成就。目前我們的學術界對文藝理論的寫作，顯然力不從心。也許限於才學，也許不能忍受「曲高和寡」的寂寞，時至今日，坊間一般文藝理論批評文字，雖說汗牛充棟，氾濫不可遏抑的飽和地步，可是態度不是失諸草率，便是立論基架不夠堅穩。他們隨意將數篇毫無系統的文字雜湊結集，有時竟然翻譯、創作並列，而率爾操觚更比比皆是。其次便是一般學養不豐，他們掉以輕心，把作品像手術般肢解，有時便成拆字解隱，然後馬馬虎虎斷以已意，杜撰附會的詮釋，有時根本誤解原意，使得作品原來的整體美感面目全非，讓人不忍卒睹。他們不是不諳外文，便是對本國傳統古典理論一知半解。有時只能利用別人翻譯的「二手」貨，生硬硬地忽視彼此的觀點，完全不顧彼此文化背景的差異，和文藝類型的發展結構，勉強搬來搬去，套進取出嘲諷一場。有時乍見似又言之有物，稍加分析，便知本不是那麼一回事。

* * *

在文藝理論建設工作，王夢鷗教授最沉默卻也最具成果。他是國內數一數二的禮學專家，兩巨册的「禮記今註今譯」便是明證。近年來，他專注於古舊典籍的研究，尤其是有關唐人的小說，很少再有文藝理論的文字發表，殊爲可惜。但是他的「文學概論」依然是本國讀者要研討文學的入門典籍。該書副標題爲「現代綜合的考察」。他認爲自古以來對於文學作品的詮釋，答案，都只能代表某部分的意見。而意見的複雜和矛盾是難免的。但是如果態度是認眞而嚴謹的，我們便沒有理由忽視，或輕蔑摒棄。

顯而易見，我們前賢對文藝理論一向採取「要言不煩」的態度，吉光片羽，三言兩語的即興式文字，評頭論足，往往缺乏條理的系統。有時個人的觀點又往往改變，推翻以前的見解，想要把握他們的理論，頗爲棘手。而西方的文藝理論雖然派別紛陳，千頭萬緒，讀者初次接觸或許會迷炫而惆悵，但是卻不能否認他們的系統一絲不苟。王夢鷗教授便是想嘗試「用有系統的討論方式來組織過去即興的批評。」不管詩歌、小說、戲劇都是文學——差異的只是彼此表達的型態。他認爲文學便是「純粹的語言藝術」，「語言是其本質，藝術是其效用」，「效用必然是那本質所固有的設計」，「本質中含有某種設計，然後那本質始能發生它應有的效用。」根據這種設計的原則，我們便不能把任何語言都看成藝術。換句話說，便是不能把所有記錄的文字都當爲文學作品。就像「昭明文選」編者在序文揭示選錄的標準：「讚論之綜輯辭采，序述之錯比文華」，「事出於沉思，義歸於翰藻」。而將墳籍子史一律割棄，雖然陳義也許嫌高，但是要求趨向純粹性卻是最終目的。

其次，「文學概論」再將語言的藝術活動區別爲二，一、內在的構想，二、外在的構辭。所謂內在的構想便是作者所要表達的是什麼，也就是一般所謂的內容。所謂外在的構辭便是作者要將什麼如何地表達，也就是一般所謂的形式。王夢鷗教授特別強調凝固爲藝術的語言，決定於民族的歷史。他說：「鄉土的風味，鄉土的聲音，常被文學家們利用來充實藝術品的親切感。」我們不難洞悉他的弦外之音是作家的語言，必定要植根於故土，否則隨便移植，不是矯揉變形，便是枯萎死亡。「文學概論」的例證一律以本國的作品爲主，作者的用意至明。另外作者認爲文學作品共有的特徵在於廣義的「隱喻」。文學作品的偉大，便在於豐富的藝術性，既然豐富，便不妨從幾個不同的角度去探出其構造，眞諦，如此便需要具有接受異己的胸襟。只要對方能「持之有故，言之成理」，我們便不能輕易忽略或蔑棄。我們欣賞探討文學作品的要點是享受作者的敍述，而不是迫不及待要求答案。

王夢鷗教授的「文學概論」行文的特色，在力求正文的「精鍊純淨」。將與正文字數不分軒輊旁徵博引的蕪雜資料，全部從正文挪出，而列在各章正文後面當小註。而小註除引證原文，並間加作者個人折衷闡明引伸的見解。遇有特殊的文學術語，作者更不憚其煩詳細分門別類，縷陳敍述。作者既以本國作品爲例證，若遇有引用外文的書名、作者和術語，一律將中文、原文並列，眉目清晰，層次井然。正文的「精鍊純淨」尚在其次，作者的文學表達完全是屬於我們自己的古雅醇厚，讀者若不逐字逐句推敲細品，受益恐怕不深。而且作者企圖利用「現代」的觀點將古典的見解揉合，而綜合考察。如果作者沒有豐碩中外文學素養，而一味生吞活剝，那和一些舊著新版，或生硬死譯外文原著而冒稱「文學概論」宵小盜印又有什麼兩樣呢？

「文學概論」書後附有尉天聰編製的參考書目索引，依照書名首字筆劃的多寡排列。中文的在書名後面附加作者，外文則將中文的譯名和作者列在原文的前面，而不管中文外文一律在書後附上引用該書的頁數，讀者查考頗爲簡便。

* * *

一向默默耕耘，也不管他人毀譽的姚一葦教授——他的「藝術的奧秘」爲文藝理論建設工作樹立一個新的里程碑。姚教授對戲劇所下的深厚工夫，國內恐怕尚無人能望其項背。他也不諱言至少看過四、五百本西洋戲劇，亞里斯多德的「詩學」他至少閱讀百遍。當然也不是說逐頁從頭到尾翻閱。但是他閱讀一般文藝理論的經典著作，總是逐字逐句，一點也不含糊。他爲箋註「詩學」花費八個月，他說「除了睡眠，我都在工作」。就因爲姚教授對「詩學」下過踏實的工夫，他的「藝術的奧秘」企圖建立的藝術體系立論基架——謙稱完全是承襲亞里斯多德的餘緒。

「詩學」討論的當然是純藝術的作品，特別是悲劇和敍事詩。「詩學」的行文特色是要言不繁，摒棄堆砌舖敍的惡習。亞里斯多德將模擬視爲詩歌、音樂、繪畫和雕刻的一般原理，進而探討悲劇、敍事詩，並兼論喜劇。亞氏從模擬的觀點，肯定藝術的價值，認爲詩歌比歷史更具哲學，因爲歷史只舖陳過去，而詩歌卻能顯現未來。他更肯定藝術家的模擬不徒以現實物象的客觀世界爲依歸，更應該呈現藝術家的自身世界，亦卽是他們的理想和意念的主觀世界。如此才能確立藝術的多樣性。而亞里斯多德揭櫫的批評規範的基準，更是空前未有的偉績，奠立日後的批評系統和原則。他視藝術品爲有機體，有機體除構成自己的完成和統一外，任何一部份的變化，都將牽涉整體。他更強調美不是任何的組合，而是秩序的配置（如均衡、和諧、節制的概念）。而從心理學的「發散作用」探究悲劇的效果理論，幾千年來就沒有任何人懷疑過。

「藝術的奧秘」的寫作前後歷時八載，初稿曾在「筆滙」、「現代文學」、「文學季刊」等較具水準的雜誌披露。姚教授界定的藝術品是「客觀存在的基礎是可鑑賞性。」而要鑑賞便只有從藝術品的形式內容和表現方法著手，脫離形式內容、表現方法，徒是藝術的贋品，一切對其評價均將落空且顯屬贅餘。不管古今，不管中外，因爲彼此思想、習慣、語言的多種差異，便形成截然不同的風格和傳統。而更重要的是藝術家本身整個人格貫注於藝術品的具體展現。這又牽涉到藝術家見解、抱負、操守，和對人生的肯定，而決定要以象徵、對比、嘲弄的方式，完整而獨特地表達。

當然，像「藝術的奧秘」如此體大思周的文藝理論著作，如果說完全是作者的創見，未免是渾人囈語。雖然姚教授旁徵博引不下百種中西著作，可是他對材料的取捨，卻相當嚴謹而近於苛刻。他的取捨標準是「沒有自己的見解，僅屬因人成說，抄襲成文者，概不取。」「雖有自己的見解，然學植不厚，根基不豐，不能形成嚴密之體系，僅屬自說自道者，亦不取。」「有才有識然態度欠嚴謹，心地偏窄，感情用事者，亦不取。」姚教授謙稱「藝術的奧秘」僅係利用個人休閒的時間一點一滴累積而成。從一二細節，便不難刻畫他的嚴謹風貌。像「論象徵」有一節姚敎授引論艾略特膾炙人口的作品——「荒原」，他採用葉維廉的譯文，可是卻不像一般引文一字不漏不改照抄，他發現 "I had not thought death had undone so many" 一行葉維廉的譯文：「我從不曾想到死亡尙未處置這麼多。」與原意相反，而將譯文改爲：「我從不曾想到死亡毀滅了這麼多。」另外他又發現 "Or has sudden frost distured its bed." 一行不知是葉維廉漏譯，抑係手民漏排，姚敎授隨卽補譯附上。另外姚敎授曾分析過瘂弦的「坤伶」，而某君指責他誤解瘂弦的原意，他也沒有盛氣凌人板起面孔敎訓別人。他只坦陳個人要分析一件藝術品，至少要詳閱十遍，他認爲個人有個人喜愛和觀點，批評和指責別人的錯誤，頂多只是破壞的一面，更重要的一面是樹立建設性的批評。所謂建設性的批評便是分析、比較、評價的工作。在龍蛇雜陳、魚目混珠失敗卑俗的作品充斥，姚敎授認爲一個藝術批評家決不必花費心血在「非藝術品」，他還認爲如果有藝術批評家，這實在是一門艱苦的行業。而且受性格、環境、知識和經驗的限制，藝術批評家一定要培養謙遜的胸襟，對外界的知識謙遜，對異己的人格謙遜。而批評又是一件喫力不討好的工作，除個人應具備基本的才具，學養外，還要對藝術抱有絕對的虔誠。姚敎授認爲一個批評家相當保守的條件是「多聞、明辨、篤實、謙遜」八字，且缺一不可。

「藝術的奧秘」註釋的文字最稱負責，不但原文、原著，就是引證的原文頁數，何時何地，何間書店發行的版本都一絲不苟詳細列出。遇有中文的譯本，除註明譯者，有時連譯文也一併附帶抄錄，有些譯文連刊載的雜誌也註出。縱然有些見解姚教授不盡同意，他也都稍加簡略的案語。有時原著過於疏略，他也都一一稍加補充引伸。而姚教授又熟諳日文，許多引證資料轉譯自日文，他也都不厭其詳一一說明。而該書附錄一、「西洋人名中譯對照表」，依照英文字母次序將原文、譯名一併列出。附錄二、「人名索引」，則依據人名首字的筆劃，本國在前外國在後的次序排列，並在後面列出引用的頁數，可以節省讀者不少察考的時間。

「藝術的奧秘」發行將近十載，到底對讀書界造成如何的影響，我們無法斷言，而姚教授對有關藝術的探索，卻又從未間斷，就像收集在他的「文學論集」的「談意象」、「批評的主觀性與客觀性」，發表在「文學評論」的「談抽象」、「悲壯藝術的時空性格」都是一再補充印證「藝術的奧秘」舊有觀點的文字。

* * *

坊間有關小說、詩歌的批評文字，俯拾皆是，而對「文學概論」、「藝術的奧秘」較爲嚴謹的評介文字，據筆者淺知尙屬鳳毛麟角。當然除非評介者本身有王、姚教授的才學，否則恐怕難收預期的效果。筆者學疏才淺，不厭其煩對「文學概論」、「藝術的奧秘」引證說明，也只是「介」而不「評」，而文字也儘量取材於二書的序言、後記，對於內容的章節不敢妄置口喙，恐怕力不從心，不但沒有盡到評介的職責，而將原書的精華神髓遺漏，如此豈非掛一漏萬。而且像「文學概論」、「藝術的奧秘」如此精深淵奧的著作，脈絡系統都有作者獨特的線索可尋，有時輕易的割棄和採擷，不但破壞原著的氣氛，對作者顯然也是不敬的。

我們不敢奢望有像韋勒克、華倫的「文學論」，李查士的「文學批評原理」的系統鉅著，但是我們卻要鄭重呼籲學術界，不必將才華枉費在譁衆取寵，或抱殘守闕的工作。對於前人的評論已塵埃落定，就不必再重新做炒冷飯式爭辯。不管創作，鑑賞都要有讓藝術品放在歷史的天秤去評價的風度，儘量摒除個人的成見意氣，不可動輒就掀起文壇的干戈，筆誅口伐，互不讓人，結果事後證明問題沒有因爭辯而解決，反而弄得烏煙瘴氣一團。

寫作文藝理論既不能像一般暢銷書暴得美名鉅利，又要經年累月付出全付心血，這種踽踽蒼涼的寂寞工作，恐怕不是一般短視近利者所能忍受的。但是依我們坊間出版的著作而言，有才有識能夠從事文藝理論寫作綽綽有餘就有三、四人。既然文藝理論對我們的文壇如此刻不容緩，我們翹首盼望博雅君子能再接再厲的繼「文學概論」、「藝術的奧秘」而更上一層樓，在文藝理論的園地綻開更美麗的奇葩。

每當憶起梁實秋教授以七十高齡譯畢莎翁全集後，又誓言願以餘年用中文寫「英國文學史」，用英文寫「中國文學史」數百萬言的宏願，就爲文壇那些薄有小慧而得意忘形者唏噓不已。一個人的成就如果短暫就獲得，那種成就也就不值得珍惜。某人曾說：「要忠愛自己的國家，至少要爲本國讀者翻譯一本外文的書」，這種寄望對某些人或許近於苛刻。但是如果要求寫作一本嘉惠本國讀者的文藝理論，該不是無理的苛求。

「詳批朱著『文藝心理學』」讀後

提到翻譯，就想到被人稱爲「翻譯先生」的林以亮教授。林教授數十寒暑不輟翻譯的成績是有目共睹的。而且他又焚膏繼晷研究理論，終日聚精會神在「信、達、雅」的天地。他的「翻譯的理論與實踐」爲我們的翻譯界樹立新的里程碑。他對霍克斯翻譯「紅樓夢」的批評，更讓人折服他對中西文學浸淫湛深，領會貫通的功力。不過對他的近作「詳批朱著文藝心理學」（登現代文學復刊第二期）的若干觀點，我們卻不盡苟同。

林教授認爲「文藝心理學」的行文頗爲流利，認爲朱光潛寫作「文藝心理學」的出發點，或許是因爲「中國的確還沒有一册有系統的美學著作」。而卻批評該書「錯誤百出、謬論連篇」，是「絆脚石的劣作」。而造成這種弊病，林教授認爲癥結在朱光潛「治學態度不夠嚴謹，尤其在音樂和美術方面，強以不知爲知」。姑且不論「文藝心理學」的良窳，如此評語對作者顯有誣蔑之嫌。「文藝心理學」有矛盾、有疏忽、有武斷、有籠統、有淺陋、有空泛、有妄斷，甚或有小題大做、望文生義、牽強附會的瑕疵。但是如果回溯三四十年代既然尚未有系統的美學著作，既然國人對音樂和美術的認識，都要從日人譯著入門，像「文藝心理學」這種蓽路襤褸的美學著作，本就應贏得激賞與喝采。就像有人說「翻譯是一件旣喫力又不討好的工作」，但是仍舊要有勇氣接受冷嘲熱諷的開拓者在前指引。而朱光潛在「文藝心理學」的「作者自白」裏說：「每次講演，我都把原稿更改過一次」，「有五章完全是新添的」。這種對學問的眞誠，怎能指責爲不嚴謹呢？

林教授又認爲「文藝心理學」不但「不能在理論上建立一個完整的體系」，而且「實例中又錯誤百出，人名和專門名詞前後不統一，連最基本的校對工夫都沒有做好」、「書中從頭至尾沒有一條註解」，這些指責我們也無異議。可是他又說朱光潛「有時還把他人的意見據爲已有，涉剽竊之嫌」。這種批評我們卻無法忍受。因爲「文藝心理學」雖然文中沒有註解，書末卻有簡要參考書目，分目錄、重要原著、入門書籍、專門要籍四項，羅列專籍、論文不下三四十種，就應洗刷剽竊的嫌疑。而林教授又提及梁宗岱的長文「論濫用名詞」曾批評劉西渭（李健吾）和朱光潛，而以事後劉曾寫文承認錯誤接受批評，朱卻始終默不出聲，就遽定兩人的高下，似乎武斷且又不公。就曾有一位寫小說的作家，有人批評他的小說比以前的成績遜色，想不到這位小說家不但不閉門面壁深思，竟一時意氣，對作者、編者、雜誌大加筆伐，浪費筆墨弄些無謂是非。其實，拿出作品才是最好的爭辯途徑。強辭奪理於事無補，徒暴露個人的幼稚無知而已。而任何人有時都會囿於自身的性格、環境、年齡，知識經驗也不是一成不變的。朱光潛的「詩論」、「談美」便是一再對舊作稍加修改和補充的論著。

林敎授又說：「這些年來，眼看它一版又一版的流傳，竟然沒有人指出他的毛病」也有待商榷。劉文潭敎授的「現代美學」序論就曾指出「文藝心理學」有四項缺點，大意是㈠取材過分狹窄，忽略不少重要美學理論。㈡敍述理論有時斷以己意，與原著不符。㈢編排缺乏系統，立論不夠客觀，恣意揉合而顯零散。㈣作者缺乏哲學的素養，對各家理論皆有「想當然耳」的看法。劉敎授因見西方美學專著汗牛充棟，而我們翔實精闢的著作卻鳳毛麟角。少數文字也只是浮光掠影，支離瑣碎，而讚譽「文藝心理學」爲「傳頌一時之名著」。然後再以今日的眼光歸納前面四項缺點，只是他沒有再詳細的舉例說明。

林敎授又說：「同類書卻到現在爲止，還沒有第二種出現。」也顯然不確。因爲目前坊間就有兩本讀者耳熟能詳中文的文藝理論著作，一是王夢鷗敎授的「文學概論」，另一是姚一葦敎授的「藝術的奧妙」，前者古奧典雅，後者體大思周，可謂珠聯璧合，前後輝映。

林敎授又認爲目前一般人濫用「文藝小說」、「文藝電影」不嚴肅說法，也是因爲「文藝心理學」造成的遺毒，因爲文藝名詞本身使用的不正確，而造成混淆現象。這種說法也似是而非。「文藝心理學」既是列爲大學敎本，既是讀者對文學的基本觀念原理都稍有涉獵。我想把女明星的訪問，說她們十有九個愛看文藝電影、小說，也是受「文藝心理學」的影響，顯然也是沒有根據的說法。

最後林教授認爲「文藝心理學」翻譯書名、人名前後矛盾而不統一。誤譯、漏譯、歪曲原著，未依原作，核對原文而逕照己意譯出，這種態度固屬不夠嚴謹。但是若因爲音的輕重，不照原來文字讀音標準通行譯法，而去苛求他人，顯然亦是吹毛求疵。「文藝心理學」既是列爲大學敎本，既是讀者對文學的基本觀念原理都稍有涉獵，而朱光潛也都有將原著的書名、人名附出，讀者看見 Freud 譯爲佛洛德，雖說將「伊」音漏譯，但是總不會妄自揣測是德國另有一新派心理學家的創始人。這就像以「荒原」膾炙人口的 T. S. Eliot，如果將書名、人名列出，譯爲艾略特，或是歐立德，對於鑑賞作品，顯然都無妨礙。

當然一個批評家固可依據個人的情感，率直指陳個人的好惡。但是他一定要說出個人好惡的理由。而且理由又要經得起事實和邏輯的分析。那些惡意中傷，狠毒的謾駡諷刺，甚至排斥、輕視、汚蔑對方，徒然暴露個人胸懷狹隘，目光淺短。而一個批評家也不能只一味從事破壞性的工作，他更應積極進行建設性的工作。也就是就作品而提出分析、比較和評價。而開創一條新穎的鑑賞途徑。而這種工作，首要具有淵博的學養，這樣說來一個批評家就應培養謙遜的態度。我們無意抹煞林敎授在翻譯方面的成就，更無意忽略林敎授在批評方面的慧黠，但是我們更願看到論事時，虛懷若谷的謙冲君子。

六十八年元月「書評書目」六十九期

譯文要保持原著的本來面貌

I

章句的箋註，典故的闡發和佚文異字的考證等工作，對傳統文學作品的詮釋，自然不能抹煞其價值。但卻無庸否認，箋註、闡發和考證等僅僅是從事批評工作的第一步。批評工作必須超越詮釋，而邁向分析和評價的範疇。顧名思義，詮釋的工作是將浩如煙海的傳統文學作品的概念理論化和系統化。可是棼絲抽緒的分析，再加獨到見解的評價工作，除博學覃思的基本條件外，恐怕就要擁有與常人截然或異的睿智。

II

西洋學者往往因爲語言、文字的囿制，在談論「普遍的文學理論」(Universal theory of literature)的專著論文，武斷地忽略東方的文學傳統，而毫不考慮的以希臘羅馬的文學傳統爲圭臬。而研究我們傳統文學的作品，又經常故步自封在歷史性的紀錄與描述（類似於史學家的編年體）。劉若愚教授的 "Chinese Theories of Literature" 的寫作背景，他的孤心苦詣的雄心與企圖，便是要彌補西洋學者對我們傳統文學的作品的忽視。直截了當地說 "Chinese Theories of Literature" 是第一本以西洋寫作方式研究中國傳統的文學作品的英文著作 。劉教授謙稱 "Chinese Theories of Literature" 不是專爲研究中國傳統的文學作品而寫作，他的對象是外國讀者（幾乎不懂中文）。於是他儘量避免比較專門性的討論。他將五百三十三條的「註釋」和三百餘項書目等專門性的討論附錄於章節或書末。如此可以讓研究中國傳統的文學作品的專家學者按圖索驥找尋出他們討論或參考的著作資料，以避免翻檢繁瑣而半途而廢，甚者前功盡棄。劉教授更謙稱 "Chinese Theories of Literature" 所有中文的引證都是他親自動手譯成英文，他更強調並非個人的譯文比現成的優美，而是他對於「原文的了解往往有些地方異於過去的譯者。」因爲他寫作 "Chinese Theories of Literature" 的動機，只是要提出中國傳統的文學作品的基本概念，於是他只要求譯文意義的準確與明瞭，至於譯文是不是優美倒在其次。有時爲表示不掠奪他人之美，往往又將個人的譯文與現成最優美或者最通行的譯文比較或提示，讓讀者品味參考，如果沒有學術的誠意與勇氣，恐怕相當不易做到。

III

劉若愚教授將“Chinese Theories of Literature”英文原著於一九七五年授權芝加哥大學出版部發行，被公認是目前唯一貫通中西文學理論的嚴肅著作。一九七七年成文出版社向芝加哥大學取得授權影印原著，卻未經作者同意而出版賴春燕的中文翻譯：「中國人的文學觀念」。劉教授孤心苦詣的雄心與企圖的嚴肅學術著作，竟然被改頭換面爲一般讀者爲對象，幾乎是一本毫無學術風格和水準的通俗的普通叢書。不要說劉教授，恐怕讀者難免都有切齒扼腕的遺憾。其次賴譯認爲原著對象係英語讀者，「註釋」和「參考書目」等不完全符合中文讀者的需要，而且「西文書名若經中譯後，反而減低提供讀者直接諮詢之實效。」，於是賴譯一概刪去，並且又附帶說明：「如讀者擬順原著的方向，作更進一步的研究，請至本社洽購或查考英文本。」姑且不論成文出版社有沒有強迫推銷或別有居心的嫌疑，他們顯然或多或少欠缺學術道德。因爲學術著作的「註釋」和「參考書目」等資料，不管如何纖芥細節，往往是作者嘔心瀝血一點一滴就前人的詮釋加以闡發，或是提出個人肯定的見解，從著作的行文脈絡更可窺測作者治學的態度與方法。其次賴譯因爲一時疏忽，因爲對原文的基本常識的理解不夠等造成不少的誤譯。杜國清重譯“Chinese Theories of Literature”爲「中國文學理論」便是爲還原被賴譯強加曲解委屈的原作面貌。杜譯除將「註釋」和「參考書目」等全部譯出外，他將引用原文的英譯也一併附出，而且將索引分爲「中文人名索引」、「中文書名篇名索引」、「西文人名書名索引」和「詞彙索引」等四種，將「參考書目」分爲「中文原始資料」、「中文二手資料」、「西文二手資料」和「其他西文著作」等四種。另外又將對原著的見解有所補充和修正的「中西文學理論綜合初探」中譯收爲附錄。

Ⅳ

劉若愚教授的"Chinese Theories of Literature"賴春燕譯爲「中國人的文學觀念」，而杜國清譯爲「中國文學理論」，到底誰的譯文對原著的傳達比較完美，因爲原書俱在，姑存不論。擺在眼前刻不容緩的課程是既然章句的箋註、典故的闡發和佚文異字的考證等工作無法滿足我們傳統文學作品詮釋的要求，那麼新的途徑究竟在那裏呢？而且我們傳統文學作品往往又停留於「不涉理路、不落言詮」或「不著一字，盡得風流」等朦朧晦澀的印象，迫使研究的專家學者踟躕不前，恐貿然從事而貽笑大方。於是若干對東方、西洋的文學傳統有相當認識的專家學者，便援引西洋的治學方法來詮釋、分析和評價東方的傳統文學作品。他們以英文寫作實有其不得已的苦衷與背景。他們的專著論文，不管是作者自譯，或是他人代譯，事實上到底誰對原著的傳達比較完美，似乎都很難獲得肯定剴切的答案。作者自譯或是他人代譯的基本要求，恐怕是譯文要保持原著的本來面貌。

附錄

外行

I

俗謂「隔行如隔山」。如果說一個唸文學的，而飲譽文壇，那是司空見慣，毫不值奇。翻閱一般的文學史，這種人物可謂不勝枚擧。可是如果說一個對文學完全「外行」，而他的本行又不是和文學有或多或少關係的歷史、哲學，卻在文壇大放異彩，享有盛譽，這種人物應該贏得衆人的激賞。成就固然可敬，如果不謙虛下人，而自矜自炫，儼然以「文豪」自居，那麼他的其餘也就不足觀了。最可佩的是一個對文學完全陌生的「外行」，獨特的成就贏得別人的青睞，不但一笑置之，而態度更謙遜，治學更嚴謹。在目前「龍蛇雜陳」的文壇，這種人物可謂鳳毛麟角，絕無僅有。有人就感嘆在現實的咄咄逼人，搞文學這一行，遲早會餓死的，除非對文學抱有赤誠的愛心，而本身又有淡泊名利忍受寂寞煎熬的毅力和情操，否則難免見異思遷走向低級趣味，刻意追求新潮時髦的「暢銷路線」。這種低級趣味的暢銷路線的「作家」，目前卻充斥文壇，他們縱然一時浪得「虛名鉅利」，而將被文學史所淘汰，畢竟是個空白。而在舉目都是這種「急功近利」的作家羣像中，卻也有寥寥幾個始終堅定自己的理想和方向，時時戰戰兢兢，焚膏以繼晷的筆耕。他們不求鉅利，他們也不求虛名，他們只是默默地一點一滴譜出嘔心瀝血的曲調。在一般世俗的眼光，或許會批評他們落伍，不識時務，親友難免也會苛責他們頹廢。但是並不因別人的痛詆極詆，冷嘲熱諷，他們就放棄原有的理想和方向，反而在獲得一二志同道合的賞識，喝采時他們內心的喜悅不時流露於眉目，這種內心的喜悅，又豈是世俗的「虛名鉅利」所能取代的。這種人物，陳之藩教授是個例子，姚一葦教授又是另一個例子。

II

稍微對散文有接觸的讀者，對陳之藩教授的作品——「旅美小簡」、「在春風裏」、「劍河倒影」，相信都耳熟能詳。陳教授的本行是電機，他自剖在國立北洋大學唸電機時，曾有一段日子對人生的價值和歸向，頗感困惑，一度擬將轉攻哲學，但被皤白滿首的父親拒絕，懇求他要負起未來栽培弟妹的重任。當時哲學系有位教邏輯的教授替他解釋這種疑難：「所謂悲觀，是見某套價值形將消滅，而設法保存，覺保存之無法，乃感悲觀」。陳教授才恍然大悟，而放棄轉系的念頭。他說：「科學有什麼用？教育有什麼用？法律有什麼用？醫學有什麼用？工程有什麼用？

文學有什麼用？哲學又有什麼用？除非你有一付熱愛的心腸。世界上最重要的事是愛。沒有愛，是不值得一活的。」居於這顆「愛心」，他在赴美入普林斯頓大學進修任教期間，先後完成「旅美小簡」、「在春風裏」散文集。當時陳教授血氣方剛，文字難免帶著比較濃厚憂鬱的色彩。他也曾自謂那段日子「即使笑聲也是寂寞的，即使笑容也是蒼白的。」有人批評他當時的散文，「似乎天地越來越陰沈，就是偶而有一線陽光，而瞬息過後，卻帶來更重的陰霧。」陳教授也坦承當時自己心亂，煩燥無味喧囂寂寞所帶來的悲哀，調子難免比較傷感。他也自謙「旅美小簡」，只是「一個寂寞旅人在荒村靜夜中的嘆息聲。」陳教授在字裏行間一再流露讓他折服的兩位人物，一是胡適之，一是梁實秋，他特別讚賞胡梁二人：「自始至終與共產黨人常握手寒喧，常稱兄道弟，而思想立場從未動搖。」於是當他獲悉胡適之棄世的噩耗，雙淚灑滿稿紙，抑壓傷慟，從抽屜取出胡適之生前的信函，在短短的十天，（陳教授一向惜墨如金）連續完成九篇紀念胡適之的追憶文字，他讚譽胡適之爲「哲人」，批評他是「一個不可救藥的樂觀者」。那九篇紀念性的文字後來都收進「在春風裏」。「在春風裏」有一段詩情畫意的文字：「並不是我偏愛他，沒有人不愛春風的，沒有人在春風中不陶醉的，因爲有春風，才有綠楊的搖曳。有春風，才有燕子的廻翔。有春風，大地才有詩。有春風，人生才有夢。」深刻而明晰呈露一幅哲人的形像。

民國五十九年，陳教授再度赴英入劍橋大學進修，獲哲學博士，兩年間他只譜成「劍橋倒影」。由於他的散文的造詣，有人更誤認他的本行是文學，不然他怎麼曉得莎士比亞的「溫沙的風流婦人」是在一個禮拜趕成的，如果說他不是唸文學的，他又怎麼曉得離開劍橋不遠的那個小教堂，就曾經出現在艾略特的一首詩中。而陳教授又不像一般「半罈醋」的作家，大言不慚誇耀自己如何研讀英美的作品，他也不會自詡自己閱歷如何深博。而將他有關文學的知識，全部歸功於梁實秋教授，陳教授曾回憶自己尚未離開國門的前五年，和梁教授是鄰居，每晚他幾乎都要到梁家談天。五年的時間，梁教授講的太多，而他聽的也太多，這種聊天的方式，耳濡目染，造成他對文學有深厚的素養。在「劍橋倒影」的序文——「如夢的兩年」陳教授不顧寒傖的把這本小書獻給梁教授。

III

姚一葦教授是當前文壇治學態度最謙遜而嚴謹的藝術批評家，如果你看過姚教授的論文和劇本或許會誤認他如果不是專攻文學批評，便是精研戲劇的。其實，姚教授原來在廈門大學唸電機工程，後來轉攻銀行課程。他曾經謙虛說自己會走向治學，而又「不務正業」的道路，完全是偶然的機會。他又謙稱自幼喜好戲劇，完全只將戲劇當為娛樂嗜好而已，從來沒有夢想有一天會講授戲劇，從事戲劇的寫作，姚教授將這種機緣完全歸功於張隆延(前國立藝專校長)推薦他專題演講，後來並讓他擔任戲劇和美學的課程。姚教授更將「凡張隆延先生曾加諸於我的，我一定要加諸於我的晚輩。」當為他立身處事的信條。姚教授坦誠說他至少看過四、五百本西洋戲劇，雖然截至目前他有關戲劇的著作只有「戲劇論集」，可是裏面「戲劇的時空觀」，「戲劇的動作」兩篇論文，似又不失具備「戲劇原理」等專書的雛形。

姚教授治學態度的謙遜嚴謹，學術界似乎少見。他說亞里斯多德的「詩學」，他至少看過一百次，當然也不是說從頭到尾逐頁翻閱。但是他閱讀一般理論基礎的著作是一個字一個字看的，一點也不含糊，縱然如此，當他在寫作「詩學箋註」時，他還是發生許多翻譯的困難，姚教授說自己箋註「詩學」，歷時八月，除了銀行固定的工作，繁重的課程外，「我只能利用一點零碎的時間」、「除了睡眠，我都在工作」、「摒除一切親朋間的酬酢」。雖然抱著如此戰戰兢兢的沉重態度，對於定稿後的資料核對，抄寫，姚教授也不敢疏忽，這又豈是那些缺少尊重學術眞誠者，所能企及萬一的。

就因爲姚教授在「詩學」下過深厚的工夫，他的鉅著「藝術的奧秘」企圖建立的藝術體系的立論基架，幾乎是完全承襲亞里斯多德的餘緒，「藝術的奧秘」是部體大思周，審愼淵博的理論著作，除文學、戲劇的書籍外，姚教授對歷史、哲學和心理學的著作，也頗有涉獵。他說只要是知識性的東西，他都有興趣。「藝術的奧秘」的寫作前後歷經七年，每篇論文都是發表在沒有稿費而相當有水準的刊物，如「筆滙」、「現代文學」、「文學季刊」，這些刊物都是一羣對文學有相當狂熱的青年所創辦，雖然「藝術的奧秘」廣徵博引，資料繁複，但是取捨又相當嚴格，姚教授取捨的標準是「沒有自己的見解，僅屬因人成說，抄襲成文者，概不取。」「雖有自己的見解，然學植不厚，根基不豐，不能形成嚴密之體系，僅屬自說自道者，亦不取」。「有才有識，然態度欠嚴謹、心地偏窄，感情用事者，亦不取。」事實更證明，姚教授對藝術評介的思索，始終沒有中斷，就像收在他的「文學論集」的論文「談意象」、「批評的主觀性與客觀性」，發表在「文學評論」的「談抽象」、「悲壯藝術的時空性格」，都一再補充印證舊作的論點。

姚教授從來不喜歡批評別人的不是，縱然別人對他的論點有所異議，他也從不惡言反擊。他認爲一個批評家的工作，不外是分析、比較和評價。只要對藝術品有所闡揚，對表現的內容與方法能提供觀賞者一條鑑賞的途徑，然後再加評價，這便是建設性的批評，雖然有時你不同意對方的論點，但是你務必要有接受對方論點的胸襟雅量。因爲不管你的才華如何睿智，你的學識如何淵博，你可能還有不懂的東西。姚教授利用零零碎碎的時間，能一點一滴地完成兩百萬言以上，且又不是膚淺、空泛的著作，若非有相當的毅力和情操，一般人恐怕是辦不到的。姚教授寫的劇本「來自鳳凰鎮的人」、「孫飛虎搶親」、「碾玉觀音」、「紅鼻子」、「申生」和「一口箱子」，雖然沒有引起文壇多少注目，可是讀者如果稍爲仔細研讀「碾玉觀音」的劇本，和該劇演出的前後，拍成的電影（李行導演），亦不難窺測姚教授對戲劇的造詣和工夫。有人讚賞姚教授是「現代戲劇的燃燈人」，他是受之無愧的。

IV

有人說羅馬不是一天造成的，但是一個人的成就又豈是一蹴可成的，每次接觸陳、姚教授的作品，個人就替那些率爾操觚的所謂「作家」汗顏而無地自容，他們與起寫篇小說，就自詡爲小說家。隨意發表一首詩，就自封爲詩人。有時任意割裂他人的著作、剽竊掠奪，七拚八湊，就儼然是文學批評的掌門人。如果他們只是爲了騙取稿費，詐獲虛名，那麼根本就不值得和他們爭論計較。可怕的是這種歪邪風氣的形成，演變成魚目混珠，亥豕不分的紛亂局面。這種對藝術缺乏眞誠，既不謙遜又不嚴謹的學賊、學閥，我們實在應該加以口誅筆伐的。「外行」如陳、姚教授學識如此淵博精奧尚且如此謙遜謹嚴，那些動輒「舞文弄墨」「張牙舞爪」的「作家」，該是你們面壁深思的時刻了。

「外行」又一章

在年輕一輩寫小說較有潛力的，白先勇、王禎和、陳映眞都是外文系出身，黃春明、七等生畢業於師範學校，只有張系國是個異數，他的本行是電機，換句話說，他研究的是科學，而創作的卻是小說，目前，張系國有「皮牧師正傳」、「亞當的肚臍眼」、「地」、「棋王」和「香蕉船」幾本小說。

「皮牧師正傳」是他還在臺大唸電機自費出版的長篇小說，也許張系國年輕意氣凌厲，又受當時翻版存在主義的流毒，「皮牧師正傳」，企圖表達無神論的主題，似乎重於情節技巧，始終沒有擺脫宗教的束縛，「亞當的肚臍眼」是一本集短評、論者、劇本和小說的雜組。張系國自謂當時的作品，只是對理性和信仰問題的執著。無論如何，「皮牧師正傳」、「亞當的肚臍眼」，沒有塑造出張系國小說的獨特風格，文壇的反應也相當的沉寂。

負笈遠渡異邦，張系國先後完成「地」、「亞布羅諾威」、「超人列傳」、「流砂河」、「枯骨札記」、「焚」幾篇小說，文字篇幅雖不多，卻贏得文壇對這顆慧星的矚目。「地」、「亞布羅諾威」有濃厚的懷鄉情緒，「超人列傳」探索知識份子在未來的世界所扮演的角色。對於中國的命運和個人的未來，極端困惑，在沒有出路的情況下，則表達在「流砂河」、「枯骨札記」、「焚」。有人批評他的這幾篇小說過分灰色，而不夠健全。張系國自辯當時他看到的世界，就是這麼灰色，他沒法強顏歡笑。「地」有一篇附錄「割體」是一度頗爲熱門，保衛釣魚台運動粗枝大葉的附產品。從「地」所收集的幾篇小說，不難窺出張系國的作品題材，已突破一般傳統古老的領域，開拓嶄新的途徑，且能反映現實社會的波瀾起伏。隱地評介「地」的見解頗爲中肯。他說：「張系國的小說，絕不是一個又一個斷斷續續的故事，而是針對問題、將社會衆生相揭示出來，又頗有思想見地。」可是他也毫不諱言張系國小說的缺點、內容太過勝於形式，而造成技巧的缺乏。楊牧更肯定「地」的成就顯示出張系國對臺灣強烈的愛心，對土地深刻的認同，更稱譽「地」的文字筆調明快，結構佈局完整。

張系國在增訂本「地」的後記說：「未來的小說，究竟是好是壞，當然無法預料。但我相信會是眞正從中國的泥土裏長出的果實。」他的「棋王」便是對他許下諾言而實踐的作品。他把注意和關切的焦點，再加調整而轉移在七十年代的臺灣，余光中認爲張系國的作品是知性的，前瞻的，企望的，是冷靜的腦加上熾熱的心的結晶。他又能夠把握民族意識和社會良心。「棋王」的成就突破張系國舊作的缺陷，故事發展簡潔明快又頗富戲劇性。語言的運用豐富，純淨，又流暢活潑，文字也少有刻意雕鏤的瑕疵。「棋王」的故事生動緊湊，頗有懸宕的氣氛，而對話也從穩健中透出詼諧和灑脫，沒有駁雜、沉悶的弊病。可是，平心而論，就「棋王」的文字實在負載不起所要表達的龐大而深遠的主題。（就字數而論，「棋王」勉強可算是中篇小說。）而且有些地方文字的處理也嫌草率疎略，而部份對話敍述的文字亦嫌冗長、累贅。

張系國的近作「香蕉船」，收有遊子魂組曲：「香蕉船」、「藍色多瑙河」、「冬夜殺手」、「本公司」、「水淹鹿耳門」和「紅孩兒」等六篇小說，另外附有「天魁星落草」、「笛」，除「天魁星落草」是取材水滸傳的故事外，「香蕉船」的面目又煥然一新，張系國在後記說：「沒有生活，沒有人的掙扎，就沒有小說，」張系國運用成熟的技巧，呈現的形式主題，都進入嶄新的階段。文字精簡犀利，雖是異國的情調，卻道盡遊子的辛酸，故事雖是平舖直敍，卻又能表現短篇小說的俐落風格，且立意又頗深刻。

有人喟歎而苛責張系國小說過分「灰暗」，張系國也不否認，他說：「在這灰暗的世界裏，無論做什麼事都是灰暗的，寫小說也不例外。」雖然說張系國對人的掙扎是抱著否定的態度，但是在否定、憂鬱的層層繭巢，卻也呈現反抗的曙光，壓軸的「笛」那股濃濃的憂鬱，已經漸漸褪色，人的掙扎也漸漸突破那層層的束縛，我們且拭目期待張系國對人的掙扎能提供肯定的答案。

滄海叢刊已刊行書目 (四)

書名	作者	類別
陶淵明評論	李辰冬	中國文學
文學新論	李辰冬	中國文學
分析文學	陳啓佑	中國文學
離騷九歌九章淺釋	繆天華	中國文學
苕華詞與人間詞話述評	王宗樂	中國文學
杜甫作品繫年	李辰冬	中國文學
元曲六大家	應裕康 王忠林	中國文學
詩經研讀指導	裴普賢	中國文學
莊子及其文學	黃錦鋐	中國文學
歐陽修詩本義研究	裴普賢	中國文學
清眞詞研究	王支洪	中國文學
宋儒風範	董金裕	中國文學
紅樓夢的文學價値	羅盤	中國文學
中國文學鑑賞舉隅	黃慶萱 許家鸞	中國文學
浮士德研究	李辰冬譯	西洋文學
蘇忍尼辛選集	劉安雲譯	西洋文學
印度文學歷代名著選	糜文開	西洋文學
文學欣賞的靈魂	劉述先	西洋文學
西洋兒童文學史	葉詠琍	西洋文學
現代藝術哲學	孫旗	藝術
音樂人生	黃友棣	音樂
音樂與我	趙琴	音樂
音樂伴我遊	趙琴	音樂
爐邊閒話	李抱忱	音樂
琴臺碎語	黃友棣	音樂
音樂隨筆	趙琴	音樂
樂林蓽露	黃友棣	音樂
樂谷鳴泉	黃友棣	音樂
樂韵飄香	黃友棣	音樂
水彩技巧與創作	劉其偉	美術
繪畫隨筆	陳景容	美術
素描的技法	陳景容	美術
人體工學與安全	劉其偉	美術
立體造形基本設計	張長傑	美術
工藝材料	李鈞棫	美術
都市計劃概論	王紀鯤	建築
建築設計方法	陳政雄	建築
建築基本畫	陳榮美 楊麗黛	建築
中國的建築藝術	張紹載	建築
現代工藝概論	張長傑	雕刻
藤竹工	張長傑	雕刻
戲劇藝術之發展及其原理	趙如琳	戲劇
戲劇編寫法	方寸	戲劇

滄海叢刊已刊行書目 (三)

書名	作者	類別
中西文學關係研究	王潤華	文學
文開隨筆	糜文開	文學
知識之劍	陳鼎環	文學
野草詞	韋瀚章	文學
現代散文欣賞	鄭明娳	文學
現代文學評論	亞青	文學
藍天白雲集	梁容若	文學
寫作是藝術	張秀亞	文學
孟武自選文集	薩孟武	文學
歷史圈外	朱桂	文學
小說創作論	羅盤	文學
往日旋律	幼柏	文學
現實的探索	陳銘磻編	文學
金排附	鍾延豪	文學
放鷹	吳錦發	文學
黃巢殺人八百萬	宋澤萊	文學
燈下燈	蕭蕭	文學
陽關千唱	陳煌	文學
種籽	向陽	文學
泥土的香味	彭瑞金	文學
無緣廟	陳艷秋	文學
鄉事	林清玄	文學
余忠雄的春天	鍾鐵民	文學
卡薩爾斯之琴	葉石濤	文學
青囊夜燈	許振江	文學
我永遠年輕	唐文標	文學
思想起	陌上塵	文學
心酸記	李喬	文學
離訣	林蒼鬱	文學
孤獨園	林蒼鬱	文學
托塔少年	林文欽編	文學
北美情逅	卜貴美	文學
女兵自傳	謝冰瑩	文學
抗戰日記	謝冰瑩	文學
給青年朋友的信	謝冰瑩	文學
孤寂中的廻響	洛夫	文學
火天使	趙衛民	文學
無塵的鏡子	張默	文學
大漢心聲	張起鈞	文學
回首叫雲飛起	羊令野	文學
文學邊緣	周玉山	文學
累廬聲氣集	姜超嶽	文學
實用文纂	姜超嶽	文學
林下生涯	姜超嶽	文學
比較詩學	葉維廉	文學
結構主義與中國文學	周英雄	文學
韓非子析論	謝雲飛	中國文學

滄海叢刊已刊行書目(二)

書名	作者	類別
世界局勢與中國文化	錢穆	社會
國家論	薩孟武譯	社會
紅樓夢與中國舊家庭	薩孟武	社會
社會學與中國研究	蔡文輝	社會
我國社會的變遷與發展	朱岑樓主編	社會
開放的多元社會	楊國樞	社會
財經文存	王作榮	經濟
財經時論	楊道淮	經濟
中國歷代政治得失	錢穆	政治
周禮的政治思想	周世輔 周文湘	政治
儒家政論衍義	薩孟武	政治
先秦政治思想史	梁啓超原著 賈馥茗標點	政治
憲法論集	林紀東	法律
憲法論叢	鄭彥棻	法律
師友風義	鄭彥棻	歷史
黃帝	錢穆	歷史
歷史與人物	吳相湘	歷史
歷史與文化論叢	錢穆	歷史
中國人的故事	夏雨人	歷史
老台灣	陳冠學	歷史
古史地理論叢	錢穆	歷史
我這半生	毛振翔	歷史
弘一大師傳	陳慧劍	傳記
孤兒心影錄	張國柱	傳記
精忠岳飛傳	李安	傳記
師友雜憶 八十憶雙親 合刊	錢穆	傳記
中國歷史精神	錢穆	史學
國史新論	錢穆	史學
與西方史家論中國史學	杜維運	史學
中國文字學	潘重規	語言
中國聲韻學	潘重規 陳紹棠	語言
文學與音律	謝雲飛	語言
還鄉夢的幻滅	賴景瑚	文學
葫蘆・再見	鄭明娳	文學
大地之歌	大地詩社	文學
青春	葉蟬貞	文學
比較文學的墾拓在臺灣	古添洪 陳慧樺	文學
從比較神話到文學	古添洪 陳慧樺	文學
牧場的情思	張媛媛	文學
萍踪憶語	賴景瑚	文學
讀書與生活	琦君	文學

滄海叢刊已刊行書目(一)

書名	作者	類別
中國學術思想史論叢(一)(二)(三)(四)(五)(六)(七)(八)	錢穆	國學
國父道德言論類輯	陳立夫	國父遺教
兩漢經學今古文平議	錢穆	國學
先秦諸子論叢	唐端正	國學
湖上閒思錄	錢穆	哲學
人生十論	錢穆	哲學
中西兩百位哲學家	黎建球 鄔昆如	哲學
比較哲學與文化(一)(二)	吳森	哲學
文化哲學講錄(一)(二)	鄔昆如	哲學
哲學淺論	張康	哲學
哲學十大問題	鄔昆如	哲學
哲學智慧的尋求	何秀煌	哲學
內心悅樂之源泉	吳經熊	哲學
愛的哲學	蘇昌美	哲學
是與非	張身華譯	哲學
語言哲學	劉福增	哲學
邏輯與設基法	劉福增	哲學
中國管理哲學	曾仕強	哲學
老子的哲學	王邦雄	中國哲學
孔學漫談	余家菊	中國哲學
中庸誠的哲學	吳怡	中國哲學
哲學演講錄	吳怡	中國哲學
墨家的哲學方法	鍾友聯	中國哲學
韓非子哲學	王邦雄	中國哲學
墨家哲學	蔡仁厚	中國哲學
中國哲學的生命和方法	吳怡	中國哲學
希臘哲學趣談	鄔昆如	西洋哲學
中世哲學趣談	鄔昆如	西洋哲學
近代哲學趣談	鄔昆如	西洋哲學
現代哲學趣談	鄔昆如	西洋哲學
佛學研究	周中一	佛學
佛學論著	周中一	佛學
禪話	周中一	佛學
天人之際	李杏邨	佛學
公案禪語	吳怡	佛學
佛教思想新論	楊惠南	佛學
不疑不懼	王洪鈞	教育
文化與教育	錢穆	教育
教育叢談	上官業佑	教育
印度文化十八篇	糜文開	社會
清代科舉	劉兆璸	社會